Robert Burns

Lieder und Balladen

Robert Burns

Lieder und Balladen

ISBN/EAN: 9783743380516

Hergestellt in Europa, USA, Kanada, Australien, Japan

Cover: Foto ©Andreas Hilbeck / pixelio.de

Robert Burns'

Lieder und Balladen

für deutsche Leser

ausgewählt und frei bearbeitet

L. G. Silbergleit.

Leipzig,

Druck und Verlag von Philipp Reclam jun.

Wir Engländer, besonders wir Schottländer, lieben Burns mehr als irgend einen Dichter seit Jahrhunderten. Oft war ich von der Bemerkung betroffen, er sei wenig Monate vor Schiller in dem Jahre 1759 geboren und keiner dieser Beiden habe jemals des andern Namen vernommen. Sie glänzten als Sterne in entgegengesetzten Hemisphären, oder, wenn man will, eine trübe Erdathmosphäre fing ihr gegenseitiges Licht auf.

Carlyle an Goethe.

Und wie wir den Deutschen zu ihrem Schiller Glück wünschen, so wollen wir in eben diesem Sinne auch die Schottländer segnen. Haben diese jedoch unserm Freunde so viel Aufmerksamkeit und Theilnahme erwiesen, so wäre es billig, daß wir auf gleiche Weise ihren Burns bei uns einführten.

Thomas Carlyle Leben Schillers, aus dem Englischen eingeleitet durch Goethe.

Robert Burns,

geboren 1759. gestorben 1796.

Burns hundertster Geburtstag wurde in demselben Jahre wie derjenige Schillers und mit derselben Begeisterung gefeiert. Der schottische Landmann, den man den schottischen Shakspeare genannt hat, der Sänger der Liebe und Freiheit, des Vaterlandes und der Frauen, starb jünger als Schiller, in der Blüthe des Mannesalter nach einem Leben voll unverschuldeter Drangsale und leidenschaftlicher Verirrungen. Sein Vater war Pächter einer kleinen Landwirthschaft, und Robert, das älteste von sieben Kindern, mußte bei Zeiten am Pfluge und mit dem Dreschflegel helfen. Im älterlichen Hause lebte man so, wie der Dichter es in seinem „Samstag Abend im Dorfe" so schön besingt. Der begabte und liebenswürdige Jüngling wurde von glücklicheren Jugendfreunden mit Büchern und Unterweisungen unterstützt, so daß er sich mit Shakspeare, Addison, Pope, Young ꝛc. bekannt machen und sogar gelegentlich mit ein wenig Französisch paradiren konnte. Im Lateinischen gesteht er, es nie weiter gebracht zu haben als bis zum Verständniß von omnia vincit amor. In seiner Selbstlebensbeschreibung bekennt er, die Sünde des Reimens zuerst begangen zu haben, kurz ehe er das 16. Jahr erreichte, und in der Weise, wie sein Gedicht, „An eine Freundin", es schildert, Ferner gesteht er reumüthig, in seinem 17. Lebensjahre in eine Tanzstunde gegangen zu sein gegen den Willen seines streng calvinistischen Vaters. „Seit jenem Falle von Ungehorsam, klagt er, hegt mein Vater eine Abneigung gegen mich, welche mit zu der Wildheit beitrug, die meine folgenden Jahre kennzeichnete. Das große Unglück meines Lebens war der Mangel an einem Ziele. Ich hatte früh schon die Regungen des Ehrgeizes verspürt, aber sie glichen dem blinden Umhertasten des Homerischen Cyclopen an den Wänden seiner Höhle. Ich sah, meines Vaters Lage machte unabläßige Anstrengungen meinerseits nöthig. Die zwei Zugänge, auf denen ich in den

Tempel Fortunas eingehen konnte, waren das Thor knaus-
riger Sparsamkeit oder der Pfad kleinlichen Schachers.
Jenes Thor hat eine so schmale Oeffnung, daß ich mich nie
hindurch quetschen konnte. Den andern Zugang habe ich
immer gehaßt. Es haftet ein Makel schon am Eintritt.
So ohne Ziel und Aussicht suchte ich gesellige Kreise auf,
aus Liebe zur Beobachtung und aus hypochondrischer Furcht
vor Einsamkeit. Außerdem galt ich für unterrichtet, derb,
witzig und unterhaltend, und so ist es kein Wunder, daß
ich überall willkommen war, und daß, wo Zwei oder Drei
sich zusammenfanden, ich mit darunter steckte. Am Pfluge,
mit Sichel, Sense und Dreschflegel nahm ich es mit Jedem
auf; jedoch kümmerte ich mich um meine Arbeit nur so
lange, als ich dabei war, und meine Abende verlebte ich,
wie es mich gelüstete...... Meinen 19. Sommer verbrachte
ich fern von Hause, an einer Schmuggelküste, in einer Feld-
messerschule, wo ich gute Fortschritte machte. Ich lernte
trinken, aber auch messen, nivelliren ꝛc., bis die Sonne in
das Zeichen der Jungfrau trat, zu welcher Zeit eine rei-
zende Fillette, welche neben der Schule wohnte, meine
Trigonometrie über den Haufen warf und mich in der
Tangente von der Sphäre meiner Studien abgehen ließ.
Noch einige Tage quälte ich mich mit meinen Sinus und
Cosinus, da trat ich eines schönen Mittags in den Gar-
ten, um die Sonnenhöhe aufzunehmen, und traf daselbst
meinen Engel

> Wie Proserpina Blumen pflückend,
> Sie selbst eine schönere Blume,

Das Bild dieses sittsamen und unschuldigen Mädchens
raubte mir das Denkvermögen bei Tage und den Schlaf
in der Nacht, und nach einer Woche kehrte ich nach Hause
zurück. Mein Leben verfloß hier gleichmäßig bis zu meinem
23. Jahre. Vive l'amour et vive la bagatelle waren
meine einzigen Motive. Ich bildete meinen Briefstyl nach
guten Mustern und ergötzte mich auch am Poetisiren, jedoch ganz nach Laune. Ich hatte gewöhnlich sechs Dichtungen oder mehr zugleich vor. Je nach Stimmung be-
schäftigte ich mich mit der einen oder mit der andern und
ließ sie fallen, wenn sie mich ermüdete. Meine Leiden-

chaften, wenn einmal entflammt, mütheten in mir wie die
Teufel, bis sie sich in Reimen Luft machten, und dann pflegte
das Brüten über meinen Versen wie ein Zauber mich zu
besänftigen.... In meinem 23. Jahre verband ich mich mit
einem Flachsbrecher. In der Neujahrsnacht, während wir
zechten, kam Feuer in unserm Laden heraus, und ich stand
wieder da wie ein ächter Dichter ohne einen Heller in der
Tasche. Unterdessen war mein Vater immer kränker und
ärmer geworden, und als er bald darauf starb, fiel Alles
dem Gericht und den Gläubigern in die Hände. Jedoch gelang es meinem Bruder und mir, eine kleine Ackerwirth-
schaft in der Nähe zu pachten."

Burns trat mit der besten Absicht, vernünftig zu sein,
diese Pacht an. Aber zwei auf einander folgende Miß-
ernten ruinirten ihn und trieben ihn in seinen alten Le-
benswandel zurück, welcher zwischen Leidenschaft und Reue
stürmisch flutete und ebbte. Sein Witz hatte ihm viel un-
nütze Freunde und gefährliche Feinde zugezogen, denen seine
Unbesonnenheit leichtes Spiel machte. Verfolgt von seinen
Gläubigern, von seinem nachmaligen Schwiegervater und
und auch von der strengen calvinistischen Kirchenzucht, die
ihn schon früher einmal gezwungen hatte, mit sieben andern
bäuerlichen Don Juans öffentlich auf der Armensünderbank
cutty-stool Kirchenbuße zu thun, beschloß er nach Jamaika
auszuwandern, zuvor aber seine Gedichte auf Subscription
erscheinen zu lassen. Er fand Beifall und einen Gewinn
von 20 Pfund. Schon war sein Platz auf einem Schiffe
bestellt, als ihm von Edinburgh her Aussichten auf Unter-
stützung und eine zweite Auflage eröffnet wurden. Ohne
Bekanntschaft und Empfehlung eilte er nach der schottischen
Hauptstadt, wo er mit seiner bäuerlichen Erscheinung bald
in den heitersten und auch in den höchsten Kreisen ein will-
kommner Gast war und die Mittel gewann, die schönsten
Theile Schottlands zu bereisen. Nach dem Abschluß mit
seinem Verleger blieben ihm beinah 500 Pfund, welche ihn
in den Stand setzten, seine Verhältnisse zu ordnen, die Farm
Ellisland zu nehmen, und endlich Jean Armour, die Mutter seiner zwei Knaben, heim zu führen. Zugleich bewarb
er sich mit Erfolg um eine Stelle bei der Accise. Der

Sänger von „Hans Gerstenkorn" mußte von Amtswegen
nachsehen, ob die guten Leute, die sich selbst ihren Gersten=
saft bereiteten, zu Hause nicht mehr Bier brauten, als sie
angaben. Nachsichtig in diesem Aufpassen, aber tadellos in
seiner Buchführung, erfüllte er seine Pflichten zur Zufrieden=
heit seiner Vorgesetzten, aber seine Farm wurde unterdessen
schlecht bewirthschaftet. Burns schlug sie wieder los und
ließ sich nach Dumfries versetzen, wo er mit Weib und
Kind von dem Ertrage seines Amtes, etwa 70 Pfund, noch
4½ Jahr lebte, und nach mehrmonatlichem Leiden den
21. Juli 1796 im achtunddreißigsten Lebensjahre starb.
Beinah 10000 Personen folgten seiner Leiche. Seine Fa=
milie wurde gut versorgt. Seine Wittwe starb 1834. Söhne
von Burns, indische Offiziere, haben das Jubiläum ihres
Vaters mitgefeiert. Eine Statue des nationalen Dichters
steht in Edinburg, und am Ufer des Doon erinnert ein
anderes Denkmal an den lieberreichen Pflüger von Airshire,
nicht weit von seiner Geburtsstätte und von jener Alloway=
kirche, in welcher sein Tam o Shanter so schreckliche Dinge
gesehen. In zahlreichen Burnsvereinen, an der Themse,
am Mississippi, in Indien und Australien 2c. wird Burns
Name alljährlich gepriesen und sein Lied gesungen. Er
starb vor seiner Reise. Warum, so schilt sein bewundern=
der Landsmann Carlyle, warum hat Burns, um äußerer
Selbstständigkeit willen, sich nicht ausschließlich seinem Dich=
terberuf gewidmet! Burns entschuldigt sich selbst vor der
Muse in seiner Epistel „Ich hab ein Amt."

> Ein Weib, zwei Buben nenn' ich mein,
> Das will genährt, gekleidet sein 2c.

> Sein Weib, sein Kind beglückt zu sehn,
> Sich zu bestreben,
> Ist auch poetisch, rührend schön
> Im Menschenleben.

In bäurischer Tracht einher gehend, beinah sechs Fuß
hoch, ungeschult und doch wohl unterrichtet, machte dieser
ländliche Troubadour besonders durch sein Reden tiefen
Eindruck auf weibliche Herzen. Oeffnet eure Augen, sagte

man und verschließet euer Ohr bei Robert Burns, und
ihr habt Nichts für euer Herz zu fürchten; aber schließet
eure Augen und öffnet eure Ohren, und ihr werdet es
verlieren.

Er war Jakobit aus künstlerischer Laune; Deist, Demo-
krat, Schotte aus voller Seele. Seine Dichtungen sind
ganz aus eigner Eingebung oder freie Bearbeitungen alter
Volksreime zu vorhandnen Melodien. Die besten seiner Gedichte, obgleich in einem südschottischen Dialecte, sind darum
in England nicht minder beliebt und sprüchwörtlich. Wie
vielen Generationen noch wird sein Auld Lang Syne. „'S
ist lange her, mein Freund" klingen wie das Lied der
Freundschaft und Freude und sein „Ein armer Mann, ein
Ehrenmann", von unserm Freiligrath so schön nachgedich-
tet, wie eine Marseillaise der geistigen Freiheit und Men-
schenliebe. Wenn doch die vorliegende Auswahl und freie
Bearbeitung, nach der Biographie und den Anmerkungen
von Allan Cunningham *) und Anderen für deutsche Leser
eingerichtet, auch nur annähernd die Wirkung des Origi-
nals hervorbrächte!

----

*) The Works of Robert Burns with Life by Allan Cunningham.
London Henry J. Bohn. 1842.

Burns' Lieder und Balladen.

Grün sind die Auen.

Grün sind die Auen.
Grün sind die Auen.
Die schönste Zeit, die je ich hatt',
Verlebt' ich mit den Frauen.

Nur Sorge giebt es überall;
Die Zukunft ist voll Grauen.
Das Leben wäre eine Qual
Wol ohne liebe Frauen.

Ihr klugen Leut' sucht Gold gescheidt,
Das stets vor euch wegfließet,
Und wenn am End' ihr's faßt behend,
Eu'r Herz es nicht genießet.

Nur eine kos'ge Abendstund'
Bei dem geliebten Weibe,
Und schlaue Sorge, schlaue Leut',
O bleibet mir vom Leibe.

Ihr, die so stolz ihr mich verhöhnt,
Seid doch nur dumme Pfauen.
Der weise König Salomon
Der liebte viele Frauen.

Mein Bestes schwur einst Frau Natur,
Im Weibe mögt ihr's schauen:
Mit Lehrlingshand schuf ich den Mann,
Mit Meisterhand die Frauen.

Grün sind die Auen.
Grün sind die Auen.
Die schönste Zeit, die je ich hatt',
Verlebt' ich mit den Frauen.

Winterklage.

Der Winterwest
Nicht ruhen läßt
Von Hagel, Schnee und Regen,
Drauf jagt ein Nord
Uns fort und fort
Ein blendend Eis entgegen.

Getrübt und wild
Der Gießbach schwillt
Und braust vom Bergeshang.
Was kriecht und fliegt
Verborgen liegt
Die trüben Tage lang.

Den Hagelschlag,
Den Wintertag,
All' ohne Sonnenschein,
Ich hab' fürwahr
Ihn lieber gar
Als allen Prunk des Mai'n.

Im Sturmgebraus
Da hör' ich draus
Die eig'ne Klage wehn.
Im Stamm entlaubt,
Hab' ich geglaubt
Mein eigen Loos zu sehn.

O Herr der Welt,
Da dir's gefällt,
Daß ich so leiden sollt' —
Ich glaub' daran,
'S ist wohlgethan,
Weil du es so gewollt.

Drum mein Gebet
Nur darum fleht,

Will Alles gern ertragen.
Raubt das Geschick
Mir Freud' und Glück,
Herr, hilf mir zu entsagen.

Mein Herz ist im Hochland.

Mein Herz ist im Hochland, mein Herz ist nicht hier.
Mein Herz ist im Hochland im grünen Revier,
Im grünen Reviere zu jagen das Reh;
Mein Herz ist im Hochland, wo immer ich geh'.

Ade du mein Hochland, ade du o Nord,
Du Heimath der Treuen, der Tapferen Ort.
Wo je ich auch wanderte, wo ich auch blieb,
Die Hügel des Hochlands für immer ich lieb'.

Ade nun ihr Berge, so hoch und so kühn,
Ade nun ihr Thäler und Gründe so grün,
Ade nun, du droben du hangender Wald,
Ade nun du Fall, der so donnernd erschallt.

Mein Herz ist im Hochland, mein Herz ist nicht hier.
Mein Herz ist im Hochland im grünen Revier,
Im grünen Reviere zu jagen das Reh;
Mein Herz ist im Hochland, wo immer ich geh'.

An einen Kuß.

Feuchtes Siegel holder Neigung,
Pfand für einstigen Genuß,
Junger zarter Lieb Bezeigung,
Erst Schneeglöcklein, Jungfraunkuß.

Sprechend Schweigen, stumm Begehren,
Glutenherd und Kindestand,
Taubenkosen, keusch Gewähren,
Morgenroth am Himmelsrand.

Leib in Wonne, Gruß zum Scheiden,
Lipp' an Lippe, schwer getrennt.
Welches Wort wol Liebesleiden
Wahr wie du und rührend nennt?

Du bist so schön, ja ich gesteh'.

Du bist so schön, ja ich gesteh',
Ich wär bis über's Ohr verliebt;
Doch jedem schwachen Wort, ich seh',
Der Lippen sich dein Herz ergiebt.

Du bist so süß, ich muß gestehn,
Doch so verschwenderisch versüßt.
Es gleicht dem eitlen Windeswehn,
Das, wo es hinstreift, Alles küßt.

Die Rosenknospe hell bethaut,
Von grünem Laube weich gedrückt,
Bald ist sie welk, von Staub ergraut,
Wie eitel Spielzeug bald zerpflückt.

So fürcht' ich, wird es dir ergehn,
Wie schön du jetzt auch mögest sein.
Bald wirst du dich verworfen sehn,
Ein Unkraut, unnütz und gemein.

'S ist Hannchen nicht dein schön Gesicht.

'S ist Hannchen nicht dein schön Gesicht,
Nicht die Gestalt, die ich so preise;
Obgleich dein holdes Angesicht
Wol Wünsche wecket, laut und leise.

Etwas an jedem Theil von dir
Zum Lob, zur Lieb ich mir erwähle,
Wol ist dein Liebreiz theuer mir,
Doch theurer ist mir deine Seele.

Nur Ein Gebet hab ich fortan,
Nur Eines möchte ich erflehen;

Wenn ich dich nicht beglücken kann,
Dich wenigstens beglückt zu sehen.

O laß dich Gott nur für und für
Jed lieb und edel Gut erwerben.
Gern möchte leben ich mit dir,
Gern könnte ich auch für dich sterben.

Dorfmädchen.

Im Sommer, wann das Heu man mäht,
Die Halme noch im Winde wehn,
Wann Klee und wilde Rosen blühn,
Da wo vor Sturm geschützt sie stehn;

Sprach Betti, bei den Schwaben dort:
Ich heirath', komme was da komme.
Drauf Nachbarin, die Alte, sagt:
Kind, daß mein guter Rath dir fromme.

Mein Lieb, du hast der Freier viel.
Solch junge Dirn' noch warten soll.
Ja wart' und wähle dir gescheidt
Die Küche voll, den Kasten voll.

Da ist der Hans von Buchenthal,
Hat Aecker, Schafe, Rind und Pferd.
Mein junges Schätzchen, glaube mir,
Das, das nur heizt den Liebesherd.

Eu'r schöner Hans von Buchenthal;
Wenn der mir nur vom Leibe blieb.
Der liebt sein Korn, sein Vieh so sehr,
Da bleibt für mich ja keine Lieb'.

Wie anders sieht mich Robin an,
Das ist ein süßes junges Blut.
Für einen lieben Blick von ihm
Nehm Buchenthal und all sein Gut.

Mein Kind, das Leben ist ein Kampf,
Ein Kampf, im besten Falle schwer;
Am leichtesten mit voller Hand.
Ja Hunger, Hunger schmerzet sehr.

Doch Mancher speist, und Mancher spart.
Der Eigensinn Nichts Gutes bringt.
Jetzt braut ihr süß, mein liebes Kind,
Gebt Acht, daß ihr nicht sauer trinkt.

Das Geld erkauft mir Leut und Land,
Und Geld erkauft mir Korn und Vieh,
Doch herzige, doch treue Lieb'
Erkaufen Gold und Silber nie.

Der Robin, ich, wol sind wir arm.
Die Lieb' erleichtert Lasten schwer;
Sie leiht Zufriedenheit und Glück,
Was hat die Königin denn mehr?

Wie kann ein jung Mädchen?

Wie kann ein jung Mädchen,
Wie soll ein jung Mädchen,
Wie kann sie denn leben
Mit solch einem Alten?

Verwünscht sei der Penny,
Der mich arme Jenny
Für Geld hin zu geben,
Verlockt meine Alten.

Ein Brummen, ein Sorgen,
Am Abend am Morgen.
Ein Kriechen, ein Keuchen
Die endlosen Tage.

So dumm und so dämlich,
So kalt und so grämlich,
Und, o in der Nacht erst,
O welch' eine Plage.

Er murrt und er-mäkelt,
Er kränkelt, er kräkelt,
Ihm recht was zu machen,
Das kann ich nicht hoffen.

Er möchte begraben
Die hübsch jungen Knaben.
Verwünscht sei die Stunde,
Wo den ich getroffen.

Und Keiner, ach Keiner
Erbarmet sich meiner,
Nur Tante, die Alte,
Die pflegt mir, zu rathen:

Kind, lieb ihn zum Sterben,
Um ihn zu beerben.
Dann kauf' dir was Junges
Für alte Dukaten.

Schön Liebchen mein.

Wenn hoch die Lerche trinkt
Morgenluft rein,
Lenzesluft saugend singt,
Streif' ich allein.

Ueber die Berge loh'
Luget die Sonne froh,
So sei dein Morgen, o,
Schön Liebchen mein.

Froh in der Vögel Sang
Stimm' ich mit ein,
Blume und Halm entlang
Führt mich ein Rain.

Blumen in süßer Ruh'
Blüht ihr dem Tage zu,
Also erblüh' auch du,
Schön Liebchen mein.

Girret, o girret fort,
Tauben im Hain,
Falk' in der Schlinge dort,
Stirb in der Pein.

So auch es Dem ergeh',
So treffe herbes Weh'
Ihn, der dich kränket je,
Schön Liebchen mein.

O Liebe wagt sich hin.

O Liebe wagt sich hin,
Wo sie nicht sollte sein.
O Liebe wagt sich hin,
Wo Klugheit sollte sein.

Ich aber zieh' den Strom entlang
Wol durch den grünen Hain,
Zu pflücken einen Strauß für sie,
Für die Geliebte mein.

Die Ros' erblühet frisch
In früher Morgenstund',
Sie gleichet einem Kuß
Von ihrem süßen Mund.

Die Hyazinthe, die im Frost
So standhaft blühet neu,
Sie bind' ich in den Strauß für sie,
Die mir so lieb und treu.

Die Lilie ist rein,
Die Lilie ist schön.
An ihrem lieben Busen
Will ich die Lilie sehn.

Maßliebchen auch erblick' ich dort
So schlicht, so einfach stehn;
Das bind' ich in den Strauß für sie
So sittiglich und schön.

Der Liebe seidne Schnur
Den Blumenstrauß umspannt.
Den leg' ich ihr an's Herz,
Reich schwörend ihr die Hand:

Daß treu ihr bis zum letzten Hauch
Mein Herz bleibt zugewandt.
Das ist der Strauß, den ich für sie,
Für die Geliebte band.

Einen Kuß noch.

Einen Kuß noch, eh wir scheiden,
Eh' wir uns auf ewig meiden.
Tief in herzerpreßten Thränen
Trink' ich dir Bescheid, mein Sehnen.

Wer beklagt sein Schicksal gerne,
Dem es läßt der Hoffnung Sterne?
Ich nur seh' kein Sternlein funkeln,
Fühl' Verzweiflung mich umdunkeln.

Meinen Sinnen drum nicht schmäl' ich.
Nancy ist unwiderstehlich.
Sie erblicken, war sie lieben.
Keine Wahl war mir geblieben.

Liebten wir uns nicht so innig,
Liebten wir nicht widersinnig,
Hätten wir uns nie gesprochen,
Wär uns nie das Herz gebrochen.

Lieb' abe, du erste, größte;
Lieb' abe, du schönste, beste.
Dein sei jede Zier und Gabe,
Friede, Freude, Trost und Labe.

Einen Kuß noch, eh' wir scheiden,
Eh' auf ewig wir uns meiden.
Tief in herzerpreßten Thränen
Trink' ich dir Bescheid, mein Sehnen.

Hans Gerstenkorn.

Drei Könige im Abendland
Hoch in dem durst'gen Norden,
Die schworen einen großen Eid
Hans Gerstenkorn zu morden.

Sie hatten ihn mit einem Pflug
Verscharret und vergraben,
Und schworen einen großen Eid,
Getödtet ihn zu haben.

Doch als der liebe Lenz erschien
Mit manchem Regenfalle,
Stand wieder auf Hans Gerstenkorn
Zum Schrecken für sie Alle.

Die schwüle Sommerhitze kam,
Und Hans nahm zu an Fülle.
Vor Feinden schützt ihn mancher Speer
Und manche gute Hülle.

Drauf kam der Herbst wol kühl und mild,
Da war der Hans erblichen,
Das Knie geknickt, das Haupt gebückt,
Und seine Kraft gewichen.

Von Farbe kam er immer mehr
Gedrückt von schweren Lasten.
Da zeigten seine Feinde erst,
Wie sehr sie Hansen haßten.

Sie haben ihn mit scharfem Stahl
Gehauen und gestochen
Und dann gebunden fortgeführt,
Als hätt' er was verbrochen.

Sie legten auf den Rücken ihn
Und schlugen ihn mit Knütteln.
Dann setzten sie ihn an die Luft,
Ihn hin 'und her zu schütteln.

Sie ließen gern Hans Gerstenkorn
In einem Pfuhl ertrinken.
Drum warfen sie ins Wasser ihn
Zum Schwimmen oder Sinken.

Dann wurd' er wieder ausgestreckt,
Gequält von seinen Büttel,
Und als er Leben noch gezeigt,
Da thäten sie ihn rütteln.

Drauf ließ man darren an der Glut
Das Mark von seinen Beinen.
Ein Müller, der zerquetschte gar
Ihn grausam zwischen Steinen.

Und selbst sein Herzblut tranken sie
Mit hellem Gläserklingen,
Und wie sie zechten mehr und mehr
Ward seliger ihr Singen.

Ein Ritter war Hans Gerstenkorn,
Ein solcher Held auf Erden,
Daß wenn du nur sein Blut geschlürft,
Du muthiger wirst werden.

Dann wird dir größer jede Lust,
Die Sorge kleiner scheinen.
Der Wittwe hüpft das Herz im Leib,
Wie nah ihr auch das Weinen.

Drum rufen wir, hoch Gerstenkorn,
Den Becher voll zum Rande,
Und sein Geschlecht das fehle nie
In unsrem Zecherlande.

Weit, so weit.

Wie kann ich frisch und fröhlich sein?
Wie kann vergessen ich mein Leid?
Der schöne Bursche, den ich lieb,
Ist fortgezogen, weit, so weit.

Nicht weil es friert und weil es stürmt,
Nicht weil es stürmt und weil es schneit,
Die Augen so mir übergehn.
Ach er ist fort, so weit, so weit.

Mein eigner Vater mich verstieß,
Hab' mit den Freunden mich entzweit,
Nur einer nähm' sich meiner an,
Und der ist fort, so weit, so weit.

Er schenkte manch ein Tüchlein mir:
Er schenkte mir ein seiden Kleid.
Nur ihm zu Liebe trag ich es,
Nur ihm, der nun so weit, so weit.

Bald ist der rauhe Winter um,
Es naht die liebe Frühlingzeit,
Dann habe ich mein Kind im Arm
Und ihn, der jetzt so weit, so weit.

War einst ein Mädchen, jung und schön.

War einst ein Mädchen jung und schön.
Zur Kirmeß, in der Kirche blieb
Von allen lieben Mädchen doch
Die allerliebste Hannchen lieb.

Daheim für ihre Mutter schafft
Sie singend emsig spät und früh.
Die frohste Amsel im Gebüsch,
Die sang wol froher nicht als sie.

Im Finkennest ist Fried' und Lust.
Der grimme Habicht kommt dazu.
Die Blüthe prangt; sie stirbt im Frost
Und mit der Lieb' ist hin die Ruh'.

Jung Robin ist ein schöner Bursch,
Die Freude und der Stolz im Thal,
Hat Rinder viel und Schafe auch,
Von muntren Rossen eine Zahl.

Zum Plauderabend führt er sie,
Da macht er mit ihr manchen Tanz.
Ein arglos Hannchen merket nicht,
Wie um die Ruh' sie bringt der Hans.

Wie in des Baches lautrem Schooß
Am Abend bebt der Mondenschein,
So zittert zarte Liebe nun
In Hannchens holdem Herzelein.

Daheim für ihre Mutter schafft
Sie seufzend emsig spät und früh.
Sie weiß nicht, was so weh ihr thut.
Möcht heilen sich und weiß nicht wie.

Und hüpft ihr wol das Herz im Leib,
Und blitzt im Aug' ihr Seligkeit,
Wie Robin ihr von Liebe spricht
Im stillen Feld, zur Abendzeit.

Die Sonne tief im Westen stund,
Die Vögel sangen laut im Hain,
Da küßte er den süßen Mund
Und flüsterte ins Ohr hinein:

O Hannchen schön, ich liebe Dich.
O kann dein Herz ich rühren wol.
O kannst du von der Mutter gehn
Und meine Wirthschaft führen wol?

Mit schwerer Arbeit sollst du nicht
Dich mühen und dich quälen, Lieb,
Sollst mit mir durch die Felder gehn,
Die goldnen Garben zählen, Lieb.

Was konnt ein arglos Hannchen thun?
Sie mochte falsch nicht sagen, nein.
Sie wurde roth und flüstert' Ja,
Und immer blieb das lieb den Zwei'n.

Ein armer Mann, ein braver Mann.

Ein armer Mann, ein Ehrenmann
Trägt hoch sein Haupt, trotz alledem,
Sonst sehen wir für feig ihn an,
Wir arm und stolz, trotz alledem.

Trotz alledem und alledem
Ruhmloser Plag' und alledem.
Rang ist ein Münzgepräge nur.
Der Mann das Gold, trotz alledem.

Und haben wir auch schlichte Kost
Und schlichtes Kleid, sammt alledem,
Laßt Narren Seide, Schelmen Most,
Der Mensch ist Mensch, trotz alledem.

Trotz alledem und alledem,
Dem öden Prunk und alledem.
Der Ehrenmann, ob noch so arm,
Steht obenan, trotz alledem.

Das Bürschchen dort, das nennt sich Lord,
Stolzirt und stiert, sammt alledem,
Wol hundert lauschen auf sein Wort
Er ist ein Tropf, trotz alledem.

Trotz alledem und alledem,
Trotz Band und Stern und alledem.
Ein freies Aug', ein helles Aug'
Lugt aus und lacht zu alledem.

Ein König Manchen adeln kann
Zum Herzog, Fürst und alledem,
Doch wen zu einem braven Mann?
Es gleicht in keinem Falle dem.

Trotz alledem und alledem,
Trotz Würden und trotz alledem,
Ein heller Sinn, ein hoher Sinn,
Hoch steht er über alledem.

Drum Jeder fleh, daß es gescheh',
Es wird geschehn, trotz alledem,
Daß Geist und Werth die ganze Erd'
Regieren soll, trotz alledem.

Trotz alledem und alledem.
Es wird geschehn, trotz alledem,
Daß Mensch dem Menschen überall
Ein Bruder sei, trotz alledem.

Der arme, wackere Soldat.

Vorüber war des Krieges Noth.
Der liebe Friede war gekommen.
Der Vater manchem Kinde war,
Der Gatte manchem Weib genommen.

Gestritten hatt' ich schwer und lang,
Gesehen große Kriegesthaten,
Trug im Tornister all' das Gut
Des armen, wackeren Soldaten.

Ein treues, leichtes Herz in mir,
Die Hände rein vom schnöden Rauben,
So brachte ich nach Haus zurück
Ein froh Gemüth und guten Glauben.

Ich dachte an die Meinen all',
Die Freunde all' in meinem Städtchen,
Und an den Zauber, den daheim
Mir angethan ein liebes Mädchen.

So hab' ich endlich sie erreicht,
Die Stätte meiner Kinderspiele,
Das Stelldichein, wo ich gefreit,
Die Linde hier, den Teich, die Mühle.

Und wen erblick' ich da zuerst?
Ich hätte sie gleich küssen wollen,
Ich dreh' mich um und berg' die Flut,
Die mir im Auge war gequollen.

Und mit verstellter Stimme dann
Hab' ich gesagt zu meinem Mädchen:
O glücklich sei der Mann, den du
Wohl birgst in deines Busens Läbchen.

O gäbst du wol ein Obdach mir,
Bin müd' vom Wandern und vom Waten.
Ich hab' gedient dem Vaterland,
Erbarm', erbarm' dich des Soldaten.

Sie blickte mich bekümmert an,
So lieb' und gut, das war sie immer,
Einst liebt ich einen Kriegesmann,
So sprach sie, und vergeß ihn nimmer.

In unsrem Haus, zu schlichtem Mahl
Seid gern ihr bei uns aufgenommen.
Der bunte Rock, der liebe Rock,
Um seinetwillen seid willkommen.

Jetzt färbt sie wie die Rose sich,
Jetzt wie die Lilie, die reine.
Sie liegt im Arme mir und ruft:
Du bist es selbst, du bist der Meine.

Bei ihm, der treue Liebe schirmt,
Der droben über Wolken wohnet,
Ich bin es, und so werde doch
Die treue Liebe stets belohnet.

Daheim, daheim, der Krieg ist aus,
Vorüber sind nun unsre Leiden.
Ob arm an Gut, doch reich an Lieb,
So wollen nimmermehr wir scheiden.

Sie spricht: Mein Vater ließ mir Gold.
Er ließ mir auch ein Stücklein Acker.
Nun komme, mein Soldatenlieb,
Nun komme, komm und küß mich wacker.

Der Kaufherr pflügt das Meer um Gold,
Der Landmann pflügt dafür die Schollen.

Die Ehre ist Soldatensold,
Darum wir hoch sie achten sollen.

Willkommen sei und hochgeehrt
Der Krieger uns, der wackre, arme.
Bedenket, was er uns ist werth
Am Tag der Schlacht, im Todesharme.

Ein Röslein roth.

Mein Lieb das ist ein Röslein rund,
Ein Röslein roth im Mai,
Und jedes Wort aus ihrem Mund
Ist süße Melodei.

So schön du bist, mein Lieb', so sehr,
So sehr bin ich verliebt,
Will lieben dich, bis es im Meer
Kein Tröpflein Wasser giebt;

Bis alle Felsen an dem Strand
Wie Eis zerflossen sind;
In meiner Lebensuhr der Sand,
Mein Leben, nicht mehr rinnt.

Und nun ade, du liebes Aug',
Ade für eine Zeit.
Ich komme wieder, wär' ich auch
Zehntausend Meilen weit.

Nebelschleier.

In Nebelschleier
Hüllet sich der Höh'
Gebüsch und Matte,
Eis und ew'ger Schnee.

Wie trüb' nun scheinet,
Was jüngst helle schien.
Ihr hört im Sturm
Jäh' den Herbst entfliehn.

Der Forst ist laublos,
Farblos ist die Flur.
O laßt mich einsam
Laß mich sinnen nur,

Wie schnell ein Schmerz kommt,
Der so langsam heilt,
Die Zeit uns fliehet,
Leiden uns ereilt.

Wie lang schon leb' ich,
Wie vergebens ach;
Wie kurz das Restlein
Meines Lebens ach.

Wie Herzensbande
Blutend, locker sind,
Der Strom der Zeiten
Nun so anders rinnt.

Wie schuldvoll eitel
Aufwärts ging mein Steg,
Wie steil und dunkel
Niederwärts mein Weg.

Das beste Leben
O wie hart, wie schwer,
Wenn nicht uns Armen
Mehr verheißen wär'.

An ein Mädchen, auf dessen Haube, in der Kirche, der Dichter etwas kriechen sah.

Mein Mädchen, wirf nicht in die Höh'
Dein Haupt, auf daß den Putz man seh';
Daß man daselbst nicht auch erspäh'
    Ein Thierlein sitzen.
Zu spät. Schon weist man drauf, o weh,
    Mit Fingerspitzen.

Ja, könnten an uns selbst wir sehn,
Was Andre doch so leicht erspähn;
Viel Eitles würde nicht geschehn
    In Glück und Nöthen,
In Wort und That, in Gehn und Stehn,
    Und auch beim Beten.

An ein Maßliebchen, das der Dichter beim Ackern niederpflügen mußte.

O Blümlein, meine Augenweide,
Es muß geschehn zu meinem Leide,
Daß mit dem Pflug ich dir zerschneide
    Den zarten Stengel.
Unmöglich, daß ich dich vermeide,
    Mein Blumenengel.

Dein Nachbar lieb nicht ist es, ach,
Die Lerche, vor dem Frühroth wach,
Die in den Thau dich biegt gemach
    Mit weichem Flaume,
Eh' jubelnd sie begrüßt den Tag
    Im Himmelsraume.

Trotz manchem schneidend kalten Nord
Erstandest du an diesem Ort
Noch vor dem Lenz und blühtest fort
    In Schnee und Wind;
Dich schirmte wol ein höhrer Hort,
    Du schwaches Kind.

Viel Blumen ohne Zier und Nutz
Stehn sicher in des Gartens Putz;
Du aber lebst nur in dem Schutz
    Von Scholl' und Stein.
Dem Wind und Wetter all' zu Trutz
    Im Feld allein.

Kaum hebest du dich von der Erd',
Das Aug' der Sonne zugekehrt.

So trägst dein Haupt du ungeehrt
　Und demuthsvoll,
Das unverschuldet, unbewehrt
　Nun fallen soll.

So geht es mancher armen Maid,
Erblühend in der Schönheit Kleid,
Von falscher Liebe schnöd' entweiht.
　Argloser Glaube,
Er lieget nun, o Herzeleid,
　Tief, tief im Staube.

So geht es manchem Barden schlicht,
Zu steuern klug erfahren nicht,
Gelenkt von keinem lieben Licht
　Nach sichrem Hafen,
Von Wind und Wellen rauh gewiegt,
　Bis er entschlafen.

So duldet mancher Dulder brav,
Des Mangels und der Mühen Sclav',
Den Trug und Stolz ins Herze traf
　Mit gift'gen Pfeilen,
Bis ihm im frühen ew'gen Schlaf
　Die Wunden heilen.

Und er, der Maßlieb dich erschlug,
Schon sieht er ach der Furche Zug,
Drin seines Schicksals schneller Pflug
　Ihn bald begräbt,
Mit Allem, was er in sich trug,
　Noch unerlebt.

Ruin.

Heil dir Verderben, heil dir Tod,
Auf dessen grimmes Machtgebot
　Die weiten Reiche fallen.
Der Nöthen und der Plagen Schwarm
Sammt jedem tödtlich schweren Harm,
Mein Willkomm ihnen allen.

Auf jeden Pfeil der nach mir zielt,
Seh' ich mit Gleichmuth hin,
Seit in der Brust ich den gefühlt,
Der noch mir zittert drin,
 Trotz Wettern,
 Die schmettern,
Die mir die Ruh' geraubt,
 Sich thürmen,
 Zu stürmen
Um mein unselig Haupt.

O du, den jedes Leben scheut,
Das auch nur Eine Freude beut,
 Erhör' des Dulders Bitten:
Als Retter sei geladen mir,
Zerreiß den Lebensfaden mir,
Zerreiß ihn in der Mitten.

Es lechzet mein Gemüth nach Ruh',
Ich lebe freudelos.
Still, heißes Herz, bald kühlest du
Im kalten Erdenschooß.
 Kein Klagen,
 Kein Zagen,
Nicht Mühe mehr, noch Harm;
 Vor Sorgen
 Geborgen,
O Tod in deinem Arm.

In Erwartung des Todes.

Wie kommt es, daß ich noch am Leben hang?
Nicht weil es mir der Freuden manche beut.
Ein Tropfen Lust bei stetem Leidenstrank,
Ein Schimmer Sonne, Stürme stets erneut.

Von Harm zu scheiden sicher Niemand scheut.
Das Grab nicht fürcht' ich, das mich soll umfahn.
Ein Schuldbewußtsein mächtig innen dräut.
Ich zittere, dem Ende mich zu nahn,
Weil ich gewandelt hier so manche falsche Bahn.

O Allmacht, die du lenkst der Welten Bahn,
In Demuth kummervoll zu dir ich fleh.
Dein Wink, er hemmt den brausenden Orkan,
Beschwichtiget die aufgewühlte See.

O daß doch gleiche Huld auch mir gescheh'.
Still' du in mir den Sturm der Leidenschaft,
Dieweil ich machtlos meine Stärke seh'.
O stille mich mit deiner Ruh' und Kraft,
Allgüte, ewige, die Alles hält und schafft.

An eine Maus, die der Dichter beim Pflügen verscheuchte.

Du kleine Maus, du graue Maus du,
Was eilest so aus deinem Haus du,
Was reißest so erschrocken aus du,
    Hin durch die Saaten.
Mit Unrecht also mir mißtraust du
    Trotz Pflug und Spaten.

Mich dauert, wie der Menschen Macht
Zwiespalt in die Natur gebracht,
Daß ich dich in die Flucht gejagt
    Aus sichrer Erben;
Der ich gleich dir aus Staub gemacht
Zu Staub muß werden.

Wie soll ich's machen, um zu leben
Und nicht zu stehlen, denkst du eben.
Ein Körnchen, das so fällt daneben,
    Ein kleiner Bissen,
Das wird dem Reste Segen geben,
    Wer wird's vermissen?

Nun liegt dein kleines Haus in Trümmern,
Drin deine Jungen frierend wimmern.
Hast keinen Halm, eins neu zu zimmern
    Im Herbste spät.
Wie muß der Nordwind dich bekümmern,
    Der schneidend weht.

Du sahst die Felder brach und bar.
Der stille Winter nahe war.
Du wähntest sicher vor Gefahr
　　Dich, arme Maus.
Und nun zerstört am Ende gar
　　Mein Pflug dein Haus.

Hast kümmerlich zusammen nagen
Dir müssen und zusammen tragen
Dein Häuflein Streu. Da muß ich jagen
　　Dich arme Maus,
Ohn' Obdach in des Winters Plagen
　　Von Herd' und Haus.

Doch Maus, du zeigest nicht allein,
Wie Vorsicht kann vergeblich sein,
Der Mäus' und Menschen Pläne sein,
　　Ja fein gesponnen,
Sie enden oft mit Noth und Pein
　　Anstatt mit Wonnen.

Weit besser hast du es als ich.
Die Gegenwart nur rühret dich,
Vergangenheit, ach, martert mich
　　Mit Reu' und Plage,
Die Zukunft, ach, verhüllet sich,
　　Ich ahn' und zage.

Das Erdenloos ist Leid.

Einst ging ich an dem Bache hin
Am Abend trüb' und kalt,
Im späten Herbst, wann öde ist
Die Wiese und der Wald.

Da traf ich einen müden Mann
Dem gaben manches Jahr,
Die Runzeln in dem Angesicht,
Das silberweiße Haar.

Wohin des Weges, junger Mann,
Hub' an der würd'ge Greis:
Gehst du nach Golde, suchest du
Der Lüste glattes Gleis?

Erdrücket gar dich schon der Gram?
In solcher frühen Zeit?
Daß so wie ich im Wandeln du
Beklagst des Lebens Leid?

Das Ackerland und Wiesenland,
Der Moorgrund nah und fern,
Wo hundert Arme schwer sich müh'n
Für einen stolzen Herrn;

An achtzig Winter sah' ich das
Veröbet und verschneit,
Und immer wieder fühlt' ich neu
Dies Erdenloos ist Leid.

Die Jugendzeit, die köstliche,
Wie sie vergeudet wird!
Wie müßig doch ein Schmetterling
Hin durch die Blüthen irrt.

Das Herz von Wahn auf Wahn erfüllt,
Von Leidenschaft entweiht,
Das hör' ich rufen wüst und wild:
Dies Erdenlos ist Leid.

Die Jugend hat wol frohen Sinn,
Die Mannheit ungeschwächt,
Sie freuet nützlich und geehrt
An Würde sich und Recht.

Am Lebensabend aber hört'
Ihr tönen ein Geläut,
Das hallet matt, das hallet bang!
Dies Erdenloos ist Leid.

Gar Mancher scheinet selig uns,
Vom Glücke süß geküßt;
O glaubet nicht, wer reich und groß,
Daß der auch glücklich ist.

Vertrauet nicht dem eitlen Schein.
Ein Wahn ist jeder Neid.
Früh oder spät wird Jedem klar,
Dies Erdenloos ist Leid.

Der schwache Leib erreget uns
Der Leiden mancherlei,
Doch mehr noch schmerzet im Gemüth
Gewissenspein und Reu'.

Der Mensch, dem Gott ein lächelnd lieb
Aufblickend Antlitz leiht,
Der Mensch läßt Menschen fühlen hart,
Dies Erdenloos ist Leid.

Seht da, der Noth, der Arbeit Sohn,
Gebückt und demuthsvoll,
Er bittet, daß ein Mitmensch ihm
Nur Arbeit geben soll.

Sein Mitwurm weiset schnöde ab
Den Armen dienstbereit,
Der fühlt daheim mit Weib und Kind:
Dies Erdenloos ist Leid.

Und bin einmal zum Sclaven ich
So von Natur bestimmt,
Wozu der Funke Freiheitstrieb,
Der in der Brust mir glimmt?

Wofür, wofür bin ich verdammt
Zur Unterwürfigkeit,
Drin Schmach und Noth mich fühlen läßt,
Dies Erdenloos ist Leid?

3

Doch werbe barum, junger Mann,
Die Last dir nicht zu schwer,
Was also von der Welt du sahst,
Es ist ein Theil, nicht mehr.

Der Wackre wär' geboren nicht
Für solche Prüfungszeit,
Wenn es nicht gäbe einen Lohn
Für all' dies Erdenleid.

O Tod, der Armen sichrer Freund,
Der liebste, beste du,
Willkommen, wenn dem müben Leib
Du bringest ew'ge Ruh'.

Dich fürchtet, wer durch's Leben fliegt
In Fülle und in Freud';
Ersehnet nahst du ihm, der müb'
Erliegt dem Erdenleid.

Die Flasche.

Der Tag ist um. Kein Mond, kein Sternenlicht.
Wir werden barum uns verlaufen nicht.
Der Trank des Tages, hell und roth und labend,
Er leuchte uns nach Haus am dunklen Abend.

Frau Wirthin, rasch die Zeche,
Die Zeche, die Zeche.
Frau Wirthin, rasch die Zeche,
Und eine Flasche noch!

Der Große lebt in Fülle und Behagen.
Wir müssen mühsam durch die Welt uns schlagen.
Hier herrscht der Gleichheit, Fröhlichkeit Accord,
Denn jeder Trunkne dünket sich ein Lord.

Die Flasche hier ist Wunderarzenei,
Sie heilt der Sorge Schmerzen mancherlei!

Die Freude, eine muntere Forelle
Im Grunde einer Flasche. Fangt sie schnelle.

Frau Wirthin rasch die Zeche,
Die Zeche, die Zeche.
Frau Wirthin, rasch die Zeche
Und eine Flasche noch!

Tam o Shanter.

Wann sich die Krämerbuben endlich schließen,
Und Nachbarn müd und müßig sich begrüßen,
An einem Jahrmarkt, wann zum Abend spät
Ein Jeder eilig heimwärts wieder geht,

Indeß wir in dem Kruge hier uns letzen,
Unbändig selig uns die Kehlen netzen;
Da denken wir nicht an die langen Wege,
Die Moore, Gräben und die steilen Stege,

Die uns noch heut nach Hause bringen sollen,
Wo unsre Weiber warten, wo sie grollen,
Wo ein Gewitter sich zusammen zieht,
Ein Feuer glimmt, das balde Funken sprüht.

Das fühlte einmal schmerzlich ein Bekannter,
Wie er nach Ehrau heim ritt, Tam o Shanter,
Dem alten Ehrau, das vor allen Städtchen
Viel wackre Männer hat, und liebe Mädchen.

O Tam, was bist du achtlos doch gewesen,
Des Textes, den dir Käte hat gelesen.
Die gab dir's ja. Du wärst ein Nächteschwärmer,
Ein Plappermaul, ein Trinker und ein Lärmer;

Der ach vom Juni bis zum ersten Mai
An jedem Jahrmarkt schwer betrunken sei;
Der, wenn er Korn einmal zur Mühle brächte,
Auch mit dem Müller gleich sein Geld verzechte;

Der, wenn er ließ beschlagen seine Mähre,
Auch mit dem Schmiede viele Flaschen leere;
Der, wenn er in die Kirche ging zum Sonntag,
Auch mit dem Küster trinke bis zum Montag.

Sie prophezeiet, daß einmal als Leiche
Man dich heraus werd' fischen aus dem Teiche,
Wenn's dich nicht umbringt einmal in der Näh'
Der Kirche, wo es spukt, bei Allowäh.

Ihr guten Weiber, es betrübt mich sehr,
Zu denken, wie viel weise, liebe Lehr',
Auch manchen klugen, manchen langen Rath
Des Weibes mancher Mann verachtet hat.

Zur Sache nun. Der Jahrmarkt war zu End',
Und Tam hat sich auch wieder was gegönnt.
Und heute hat er gar sich eingeladen
Den alten, ewig durst'gen Zechkamraden,

Den Jonny, der ihn liebt so brüderlich.
Er ist so lustig und so lüberlich.
Und jede Stunde war das Lärmen größer,
Und jede Stunde war das Bier auch besser.

Und mit der Wirthin machte Tam sich nieblich,
Sie thaten mit einander sehr gemüthlich.
Jonny erzählt die wunderlichsten Sachen,
Die Wirthin will sich fast zu Tode lachen.

Wie draußen auch es stürmen mocht' und gießen,
Das konnte Tam nicht stören noch verdrießen.
D'e Sorge tief im Glase sich ertränkte,
Weil Menschen froh zu sehn, sie bitter kränkte.

Die Stunden freudig hin zu fliegen schienen,
Wie honigtragend heimwärts ziehn die Bienen.
Die Kön'ge können froh sein. Tam ein Gott war,
Hoch über Erdenpein, die ihm ein Spott war.

Mohnblumen gleich, so flüchtig ist die Freud';
Erfasset kaum, entblättert, bald verstreut.
Schnee, der in's Wasser fällt, ein schneller Schimmer,
Ein Weilchen weiß, zerflossen dann für immer.

Des Nordlichts wechselvolle Feuergarben.
Kaum sahst du sie entstehen, als sie starben,
Gleich einem farbenreichen Regenbogen,
Zu bald von schwarzen Wolken überzogen.

Wer kann die Stund' und Strömung rückwärts lenken?
Tam muß am Ende an die Heimkehr denken.
Zwölf ist der Eckstein von der Nacht Gewölbe.
Die schauervolle Stunde. Um dieselbe

Steigt Tam zu Pferd. Es war ein Höllenwetter,
Als schrien die Sünder in der Hölle Zeter;
Ein Sturm, als wollt' für immer es austoben,
Wie eine Sündflut strömte es von oben.

Manch blauen Blitz die Dunkelheit verschlang,
Der Donner rollte schwer und lang und bang.
In dieser Nacht ward jedem Kinde klar,
Daß Satan selber losgelassen war.

Der Tam saß sattelfest auf seiner Meg,
Die oft ihn trug schon durch den tiefsten Weg.
So trabte heut' er auch durch dick und dünn
Und unverzagt in Sturm und Regen hin.

Bedächtig schielte er nach allen Seiten,
Ob er nicht etwas spuken säh von Weiten.
Er war in einer alten Kirche Näh',
Wo oft es umgeht, nach bei Allowäh.

Schon hat er glücklich hinter sich den Graben,
Wo einst vom Schnee ein Krämer ward begraben,
Jetzt kam die Birke mit dem großen Stein,
Dort brach ein Tröbler neulich Hals und Bein.

Dort dehnt sich aus ein Acker öd und finster;
Dort fand man jüngst ein todtes Kind im Ginster.
Das ist der tiefe Brunnen mit dem Dorn.
Ein Weib ersäufte sich in diesem Born.

Tam hört den Fluß jetzt rauschen, trotz dem Wetter,
Das wüthend sauste durch die dürren Blätter.
Er sieht durch Bäume, die sich ächzend biegen,
Die Kirche, wie in Licht gebadet, liegen

In Licht, das ihr entquoll mit grellem Glanze.
Er höret Lärm von lautem, frohem Tanze.
Heil Gerstensaft, heil dir Hans Gerstenkorn,
Der Sättigung, der Kraft, des Muthes Born.

So mächtig schäumt der Muth dem Tam im Kopfe,
Daß er den Bösen packen könnt' am Schopfe.
Doch sie, die nichts getrunken hatte, Meg,
Ward scheu, als hätt' sie einen großen Schreck,

Bis sie von Tam ermahnt mit Faust und Fuß
Doch endlich hin zur hellen Kirche muß.
Der Reiter stieg von seines Rosses Rücken,
Um besser in die Kirche hin zu blicken.

Da sah er einen Ball von grimmen Geistern,
Von alten Hexen und von Hexenmeistern.
Es war kein Modetanz aus Frankreich, neu,
Nur Springen, vaterländisch, mancherlei.

Der Teufel saß auf einem Brett am Fenster
Und machte die Musik für die Gespenster,
Als Ziegenbock gekleidet und im Frack,
So spielte er auf einem Dudelsack.

Viel Variationen und Etüden,
Die muntersten der Hörer zu ermüden,
In offnen Särgen aufgestellt wie Schreine
Da leuchteten zum Tanz mit Kerzenscheine

Gehüllet in ihr allerletzt Gewand,
Die Todten, Kerzen in der Knochenhand.
Der Schein auch auf die heil'ge Tafel fällt,
Und da erblickte Tam, der kühne Held,

Gebein von Mördern, mit den Galgenhaken;
Zwei ungetaufte Kindlein sonder Laken;
Ein Dieb, gehängt, weil er sich ließ ertappen,
Mit offnem Mund, als wollt' er was erschnappen;

Fünf Tomahawks, vom Blute rostig worden,
Fünf Türkensäbelklingen, blind von Morden.
Ein Strumpfband einer Kindesmörderin,
Ein Messer eines Vatermörders drin;

Des greisen Opfers Blut noch roth am Stiele,
Dran klebten Haare silberweiß noch viele;
Drei Schwindlerzungen, gänzlich umgedreht,
Mit Blasen rings gesäumt, als wie besät,

Sammt andren Dingen, schauerlich, entsetzlich;
Die auch nur nennen, wäre ungesetzlich.
Der Tam sah zu und riß die Augen auf,
Und immer toller ward der Jubel drauf.

Und immer lauter blies der Dudelsack
Zum wilden Wirbeltanze, Schlag auf Schlag.
Wie sie sich drehten, wie sie manoeuvrirten,
Bis all' die alten Hexen transpirirten,

Die Ueberkleider gar noch von sich schmissen,
Und weiter sprangen, frei von Hindernissen.
Ja, wenn das Mädchen waren, Tam, o Tam,
So um die zwanzig, rosenroth und stramm;

Die Hemden von Flanell nicht, alt und fett,
Nein, schneeweiß Linnen, dünn und kurz, ich wett'
Hier meine Hosen, dies mein einzig Paar,
Einst war es Plüsch, von gutem blauen Haar;

Ich gäb sie hin, herunter mir vom Leibe,
Für einen Blick von solchem süßen Weibe.
Doch wie du saheft die Gevatterinnen,
So welk und gelb, mit Beinen wie die Spinnen;

Mit wunderlichen Sprüngen und Geberden,
Da mußte dir gewiß doch übel werden.
Jedoch gelang es Tam noch mit Entzücken
In diesen Chor was Junges zu erblicken.

Die hatt' erst diese Nacht sich lassen werben.
Sie hat als Hexe später viel Verderben
Gebracht dem Vieh, dem Korn und auch dem Bier
Und vielen Kühnen auf dem Wasser hier.

Der Jungen Hemd, das alt und gar nicht fein war,
Das gab die Mutter ihr, als sie noch klein war.
Bedenklich sehr war dieses Kleides Kürze,
Sie trug es munter, trug es ohne Schürze.

Die Mutter hätt' im Leben nicht gedacht,
Wie sie der Nancy dieses Hemd gemacht,
Den letzten Heller drauf hat hingegeben,
Daß sie an Nancy dieses werd' erleben.

Hier muß ich, Muse, dich am Arme fassen,
Ich darf dich allzuweit nicht gehen lassen,
Zu singen, wie die Nancy ist gesprungen,
Geschmeidig war sie, munter und gedrungen;

Und wie der Tam ihr zusah, schier verzückt
Und hochbeglückt von dem, was er erblickt.
Selbst Satan schielte, rückte hin und her,
Doch blies er fort. Nur juckte es ihn sehr.

Die Nancy sprang, wie außer Rand und Band,
Tam war es, als verlör' er den Verstand.
Er brüllte, bravo Nancy, brav gemacht,
Da ward es in der Kirche plötzlich Nacht.

Tam hatte wieder kaum die Meg bestiegen,
Als er die Schaar hört aus der Kirche fliegen.
So schwärmen wuthentbrannt heraus die Bienen,
Wann Räuber ihren Waben nah' erschienen.

So bränget Marktvolk sich in raschem Lauf,
Wenn es erschallt, ein Dieb, halt auf, halt auf.
Also die Hexen hinter Tam und Meg
Mit Geisterruf hin durch den dunkeln Weg.

O Tam, o Tam, wo bist du hingerathen,
Wirst wie ein Häring in der Hölle braten.
Daheim jetzt harret deines Kommens späte
Dein Weib, vielleicht bald Wittwe, arme Käte.

Nun renne Meg, und daß es dir nur glücke
Zu kommen heiler Haut auf jene Brücke.
Kannst allen Hexen dann ein Schnippchen schlagen,
Die dürfen sich auf einen Strom nicht wagen.

Doch ehe Meg auf jene Brücke kam,
Die Sache noch ein traurig Ende nahm.
Die Nancy, weit vor allen Andern her,
Bedrängte Tam und seine Stute sehr.

Schon zielte gegen Tam sie einen Streich,
Da rettet ihn die Meg dem Blitze gleich.
Mit einem Sprung entführt sie ihren Meister.
Ihr grauer Schweif blieb im Besitz der Geister.

Schon hatte Nancy ihn gepackt am Rumpf
Und ließ der Meg davon kaum einen Stumpf,
So lautet die wahrhaftige Geschichte;
Ein jeder Muttersohn sich darnach richte.

Wenn Einer pflegt, zu viel sich einzuschenken,
Zuviel an kurze Röcke auch zu denken,
Der sei gewarnt, wie theuer er's kann zahlen,
Durch Megs Verlust und Tam o Shanters Qualen.

Anmerkung.

So hat es Tam erzählt. Allein sehr bald
Erfuhren wir den wahren Sachverhalt.
Tam saß vergnügt im Kruge viele Stunden,
Und hatte Meggi draußen angebunden.

Indessen hatte eine Bubenschaar
Der armen alten Stute Haar für Haar
Aus ihrem dünnen Schweife ausgezupft,
Und so den ganzen Busch ihr ausgerupft.

Tam merkte Nichts, als er in finstrer Nacht
Sich trunken auf den Weg nach Haus gemacht,
Wo eine grause Höllenangst ihn quälte,
Drin ihm erschien, was oben er erzählte.

Und er bewies, daß wirklich so es ganz war,
Dadurch, daß seine Stute ohne Schwanz war.
Was Einer aufstellt, stößt ein Andrer um.
So treibt es ein gelehrtes Publikum,

Weil's eben so getrieben werden muß,
Und dieses brachte uns zu dem Entschluß,
Die hier erzählten, so hochwichtigen
Geschichten gründlich zu berichtigen.

Samstag Abend im Dorfe.

Es weht ein schneidend kalter Abendwind.
Wie bald zu End' ist ein Novembertag.
Vom Acker kommen müde Gaul und Rind.
Der Krähen schwarzer Zug fliegt hin zum Haag.
Der müde Dörfler heimwärts eilen mag.
Auf seiner Schulter liegt des Werkzeugs Last
Nach einer Woche Müh', nach manchem Schlag,
Denn Morgen ist des Herren Tag, ist Rast,
Drum heimwärts durch den Moor mit froh bedächt'ger Hast.

Bald ist er an der Hütte angelangt,
Dort nah dem alten, schattenreichen Baum,
Kleinvolk erwartungsvoll schon rennt und wankt
Entgegen, kann ihn ja erwarten kaum,
Bald zerret es an seines Rockes Saum.
Das Haus so heimlich, lieber Frauenblick,
Der Herd, hellröthend all' den kleinen Raum,
Das ist sein Wochenlohn, das ist sein Glück.
Kaum denkt er an die Müh', die Sorgen all' zurück.

Einkehren auch die ält'ren Kinder bald
Im Dienst auf andren Höfen noch zur Zeit,
Am Pfluge, auf der Weide und im Wald,
Zu einem Gange immer dienstbereit.
Die älteste ist Jenny, eine Maid
Zur holden Jungfrau aufgewachsen schon.
Sie zeigt vielleicht ein nagelneues Kleid,
Giebt gern den schwer verdienten Wochenlohn
Für ihre Eltern her, wenn schlimme Tage drohn.

Man grüßet sich mit Bruder = Schwestergruß,
Befrägt sich freundlich nach dem Wohlergehn.
Die Zeit entweicht auf schnellem, frohem Fuß;
Denn man erzählt, was Neues ist geschehn.
Der Eltern Aug' wähnt süß getäuscht zu sehn,
Was wol den Kindern einst beschieden sei.
Die Mutter schafft mit Scheer und Nadel schön,
Macht Alterthümer scheinen schier wie neu.
Der Vater mahnt. Man lauscht mit achtungsvoller Scheu.

Die jungen Burschen lehrt er alle Zeit:
Dem Herrn, der Herrin folgt von Herzen gern.
Mit Kopf und Hand frisch bei der Arbeit seid
Und tändelt nie, ist auch der Meister fern.
Denkt immer auch, ihr dient dem ew'gen Herrn
Und achtet Tag und Nacht auf Ehr' und Pflicht,
Daß der Versucher stets euch bleibe fern,
Erflehet euch vom Himmel Gnad' und Licht.
Wer Gott nur suchet recht, der sucht vergebens nicht.

Nun horch ein leises Klopfen an dem Thor.
Wer's ist, hat Jenny schon voraus gewußt.
Ein Nachbarbursch kam mit ihr durch den Moor,
Begleitete auf einem Gang sie just.
So spricht sie, und die Mutter sieht mit Lust
Und Leid den Glanz in Jenny's Aug' und Wang;
Frägt, wie er heiß', mit sorgenvoller Brust,
Hört Einen nennen dann, verschämt und bang,
Und freut sich, daß ihr Kind an keinem Wildling hang'.

Mit liebem Willkomm läßt ihn Jenny ein,
Der Mutter auch der schmucke Bursch gefällt.
Willkommen scheint er Allen hier zu sein.
Der Vater spricht mit ihm von Vieh und Feld.
Das junge Herz vor Freude sich kaum hält,
Von stiller Seligkeit schier überrinnt.
Längst weiß die kluge Mutter, wem es gelt,
Warum der Bursche zaget so und sinnt.
Sie freut sich, daß er liebt und ehret auch ihr Kind.

O solche Liebe, seltner goldner Fund.
O Herzenslust, Schatz unberechenbar,
Der schönste Segen auf dem Erbenrund
Erfahrung und Gewissen lehren klar:
Wenn je ein Himmelstrank gegönnt wo war,
Als Herzenslabe in der Erdenpein,
Geschah es, wo ein glücklich liebend Paar
In wunderbar endlosen Plauderein
Sich sittsam freute an des Herdes trautem Schein.

Wer, dessen Auge auch nach oben schaut,
Wer, der nicht bar ist aller Ehr' und Lieb',
Wer kann mit list'ger Lockung Schlangenlaut
Der Unschuld nahen wie ein nächt'ger Dieb.
Fluch über Eitelkeit und wüsten Trieb.
Fluch über jeden Gecken ohne Scham,
Den Gecken, dem Verstand genug nicht blieb,
Daß er sich jemals tief zu Herzen nahm
Der Jungfrau Untergang, der Eltern herben Gram.

Nun krönt den schlichten Tisch ein Abendmahl.
Man liebet hier heilsamen Haferbrei,
Und Milch dazu. Gering wol ist die Wahl,
Gesundheit, Frohsinn Würze sind dabei.
Die Hausfrau bringt herzu heut Mancherlei,
Auch langgesparten schönen Käse schau.
Der Bursch gedrängt rühmt oft, wie gut er sei.
Und es erzählt die wirthlich muntre Frau:
Ein Jahr alt war der Käs', als noch der Flachs war blau.

Der Landmann speist gemessen still und froh.
Der Kreis hat sich dem Herde zugekehrt.
Der Patriarch mit Würde öffnet wo
Die Bibel, die dem Vater schon gehört.
Zu preisen Gott, der seine Kinder nährt,
Die alte tiefgefurchte Stirn entblößt,
Mit Worten, die einst Zion hat gehört,
Mit einem Psalme, der da stärk' und tröst'.
Nun lobet Gott, ruft er, in Andacht aufgelöst.

Der priestergleiche Vater liest die Schrift,
Wie Abraham von Gott geliebet war,
Wie Moses Heldenschlachtruf ewig trifft
Verworfener Amalekiter Schaar.
Wie einst ein König Held und Sänger war,
Der Gott geklaget reuevoll und bang;
Wie Hiob elend war und trostlos gar;
Jesajahs mahnenden Prophetensang,
Und andre Seher viel mit hohem heil'gen Klang.

Er liest vielleicht der Christen Botschaft froh,
Wie schuldlos Blut für schuld'ge Seelen rinnt;
Wie hier auf Erden keine Stätte wo,
Sein Haupt zu bergen, hab' ein Menschenkind.
Wie jene Jünger heldengleich gesinnt
Die Botschaft tragen über See und Land;
Wie er, der sich gebannt auf Patmos find',
Den Engel sah, der in der Sonne stand,
Und Babels Spruch vernehm' von Gott herabgesandt.

Zum ew'gen Himmelskönig auf den Knie'n
Der Priester, Vater und der Gatte fleht.
Auf Schwingen froher Hoffnung trägt es ihn
Zum Licht, das einst auf ewig ihm aufgeht,
Wo er die Seinen finde früh und spät,
Da wo kein Klagen ist, kein Kummer mehr,
Wo aller Wahrheit selig Banner weht,
Für immer fällt des Knechtes Kette schwer,
Und ewig walten Fried' und Freiheit, Liebe hehr.

Wie arm dagegen ist der Kirchen Pracht,
Wo man nach Kunst und Brauch den Schöpfer preist,
Wo laut wird von der Menge dargebracht
Der Andacht Angesicht und nicht ihr Geist.
Solch Beten Gott erzürnet von sich weist,
Trotz hellem Sang und langen Litanei'n.
In Seelen schlicht, in niedre Hütten meist
Kehrt wahre Andacht gottgefällig ein
Und in des Lebens Buch schreibt Gott die Armen ein.

Dann heimwärts Jeder seines Weges geht.
Bald schläft erfrischend tief das junge Blut.
Das Elternpaar zuvor noch einmal fleht,
Daß ihre Kinder glücklich sei'n und gut.
Daß Er, der gütig speist der Raben Brut,
Die Lilien hüllt in Pracht und Herrlichkeit,
Daß Er, wie es am Besten ihnen thut,
Die Kinder stets allgütig speis' und kleid',
Und ihnen Herz und Sinn erleuchte alle Zeit.

Solch niedres Dach birgt unsres Landes Hort,
Den Fleiß, die Sitte und den Heeresbann.
Ein Königswort nur ist ein Fürst, ein Lord;
Des Schöpfers Meisterwerk ein Ehrenmann.
In dem, was Kraft und Tugend wirken kann,
Der Niedre manchen Sieg davon schon trug.
Wer sieht für Gold, was gleißet, heut noch an.
Manch Ehrenkleid hüllt Schande ein und Trug,
Stark für das Böse nur, in Höllenkünsten klug.

Mein Vaterland, mein theures Heimathsland,
Dir sei mein heißestes Gebet geweiht:
Daß deines Sämanns, deines Pflügers Hand
Erstark' in Frieden und Zufriedenheit,
Geschützt vor feiger, schwacher Ueppigkeit,
Daß deine Niedren, stark und edel all,
Wann Kron' und Krönlein enden ihre Zeit,
Lang schirmen noch nach jenem jähen Fall
Dies vielgeliebte Land wol wie ein Feuerwall.

Der du des Landes Streiter stählst mit Muth,
Wie Helden furchtlos, was auch stürmt und droht,
Zum frohen Siegen gegen Drängerwuth,
Zum frohen Sterben in dem Schlachtenroth.
Dich nennet seinen Gott der Patriot,
Begeistrer, Freund und Schirmherr für und für.
Schütz' unsre Heimath in Gefahr und Noth,
Gieb sel'ge Sänger, hohe Helden ihr,
Ein lichtes Diadem, des Hauptes Hort und Zier.

Marie.

Himmlesmächte, die ihr schirmet
Holde Mädchen, schön und gut,
Schützet gnädig mir Marien,
Stärkt ihr theures, süßes Blut.

Während in die Fern' ich fahre,
Bleib' es heil gleich euch und rein.
Eure schönsten Harmonieen
Haucht in ihre Seele ein.

Lasset eure linden Lüfte
Friede wehn in ihr Gemüth,
Daß durch jeden süßen Schlummer
Freundlich ihr ein Traumbild zieht.

Himmelsmächte, schirmt die Theure,
Wann ich fahre abendwärts.

Wann ich irre in der Ferne,
Bleibe Heimath mir ihr Herz.

An Marie im Himmel.

Du Morgenstern, so spät, so bleich,
So schienst du auch vor einem Jahr,
Als, weh mir, noch ins Todtenreich
Marie nicht hingegangen war.

O Theure, mir so fern entrückt,
Wo weilst du Selige, verklärt?
O siehst du hier mich tief gebückt?
Kennst du den Gram, der mich verzehrt?

Kann je vergessen ich den Tag,
Vergessen jenen stillen Hain,
Wo du am Bach mir in dem Haag
Zum Abschied gabst das Stellbichein.

In alle Ewigkeiten währt
Des Angedenkens Lust und Qual,
Als ich den letzten Kuß begehrt,
Nicht ahnt' ich, ach, zum letzten Mal.

Das Wasser küßt den duft'gen Hang
In kühlem Waldesdunkel traut;
Die Birken und die Buchen schlank
Die haben säuselnd zugeschaut.

Zu unsren Füßen Blumen hold,
Der Vögel Sang ob unsrem Haupt,
Bis niederglitt der Sonne Gold,
Der schnelle Tag uns war geraubt.

Ein Dulder hängt an seiner Pein;
Am Gold ein Geiz'ger früh und spät.
Der Gram gräbt tiefer nur sich ein.
Der Strom gräbt tiefer nur sein Bett.

O Theure, mir so weit entrückt,
Wo weilst du Selige verklärt?
O siehst du hier mich tief gebückt,
Kennst du den Gram, der an mir zehrt?

Klage.

Auf nebliger Klippe,
Auf eisigen Höhen,
Wo starr wird die Lippe
Und kälter das Blut;
Da lieb' ich voll Ahnen
Dort unten zu sehen
Die stürmischen Bahnen
Der salzigen Flut.

Die Wasser, sie grollen,
Die ferne mich tragen.
Die Thränen sie rollen.
Mein Herze ist schwer.
Ich ringe, ich leide,
Drum lasset mich klagen.
Mein Stolz, meine Freude,
Marie ist nicht mehr.

Wir werden ach nimmer
Im Mondenschein streifen,
Wann zitternd sein Schimmer
Ins Meer fällt hinab.
Nie werde ich freudvoll
Die Hand mehr ergreifen,
Die unzeitig leidvoll
Mir sank in das Grab.

Ihr holdes Erglühen
Wird nie mich erwärmen.
Drum lasset mich ziehen
Weit über das Meer,
Verschollen zu leben,
Zu Tode mich härmen.

Will schaffen, will streben,
Kann froh sein nie mehr.

Hans Andersen, mein Hans.

Hans Andersen, mein alter Hans,
Zuerst, als ich dich hatt',
Da war dein Haar noch rabenschwarz
Und deine Stirne glatt.

Die Stirn, die ist gerunzelt jetzt.
Dein Haar ist schneeig ganz.
Gesegnet sei dein alter Kopf,
Hans Andersen, mein Hans.

So gingen wir, mein alter Hans,
Bergan, bergan selbander.
Wir lebten manchen Tag, mein Hans,
Recht fröhlich mit einander.

Bergab nun geht's, mein alter Hans,
Im Abendsonnenglanz.
Zusammen schlafen unten wir,
Hans Andersen, mein Hans.

Der vergnügte Wittwer.

Ich ward getraut mit meinem Weib
In einer Unglücksstunde.
Denn wüthend ging sie mir zu Leib
Mit ihrem bösen Munde.

Geduldig trug ich lang' das Joch,
Ich habe viel gelitten.
Nun bin erlöst ich endlich doch,
Der Streit ist ausgestritten.

Wir lebten einundzwanzig Jahr
Als Mann und Frau zusammen.
Ist sie im Himmel jetzo gar?
Ist sie in Höllenflammen?

Wo auch sie sei, wenn ich's nur wüßt',
Gleichviel ob mit den Frommen,
Ob Teufels Nachbarin sie ist,
Dahin möcht' ich nicht kommen.

Ihr Leib ist eingeschlossen dicht,
Ein dunkel Grab umhägt sie.
Die Seel' ist in der Hölle nicht,
Kein Teufel selbst erträgt sie.

Gedenk' ich, wie ich toben sie
Oft hören mußt und grollen,
Dann höre ich da oben sie
Im Donnerwetter rollen.

Takt.

Dort windet sich ein Bach
Zum fernen grünen Haag,
Wohin ein Wandrer selten irrt.
Der Haag ist duftig, dicht,
Viel Laub und wenig Licht,
Die Taube gern im Dunkel girrt.

Ein junges Liebespaar
Dorthin gezogen war,
Der Liebe sich zu freu'n in Ruh'.
Und mancher Vogel sang,
Und manches Echo klang,
Zwei Herzen schlugen Takt dazu.

Sinnend hör' die See ich toben.

Sinnend hör' die See ich toben,
Die mir den Geliebten trägt.
Betend blicke ich nach oben,
Für ihn, dem mein Herze schlägt.

Bangem Hoffen, Kümmernissen
Schlafes Labe schwer sich leiht.

4*

Träume flüstern um mein Kissen
Noch von ihm, der weit, so weit.

Die ihr nimmer euch gehärmet,
Nie geblicket zährentrüb,
Die des Glückes Sonne wärmet,
Euch sei Tageshelle lieb.
Holde Nacht, o sei du Freund mir,
Sanfter Schlaf, sei mir bereit.
Holde Träume, kommt, erscheint mir,
Sprecht von ihm, der weit, so weit.

Epistel an einen dichtenden Freund.

Wenn's von Ben Lomond eisig stürmt,
Wenn Schnee auf Weg und Steg sich thürmt.
Und uns nicht läßt hinaus:
Mach' ich zur Kurzweil manch' Gedicht
In solcher Sprache, wie man spricht
Im Haus, bei uns zu Haus.

Wann's gar mir in die Kammer schneit
Durch Spalten und durch Ritzen,
Denk' ich die Großen mir mit Neid
So recht im Warmen sitzen.
        Ich hange nicht,
        Verlange nicht
Nach ihrem Gold und Gut;
        Doch schmolle ich
        Und grolle ich
Wol ihrem Uebermuth.

Mit Unrecht man uns übel nimmt,
Daß manchmal es uns bitter stimmt,
Der Welten Lauf zu sehen.
Hier Plage, Elend, Herz und Kopf,
In goldner Fülle dort ein Tropf,
Was fördert sie wol den?

Doch mache das uns keine Noth,
Es gehe drüber, drunter.
Wir finden unser täglich Brod,
So lang' wir heil und munter.
 Drum zage nicht
 Und klage nicht,
 Das End' ist doch das Grab.
 Das widrigste,
 Das niedrigste
 Zuvor, ein Bettelstab.

In kalter Nacht ohn' Obdach sein,
Wenn alt und matt' ist das Gebein,
Ist wahrlich herber Schmerz.
Selbst dann bleibt Trost noch in der Brust
So lang sich keiner Schuld bewußt
Ein stolzes Männerherz.

Ein braver Mann, der frei sich fühlt
Von Freveln zu bereun,
Wie arg das Glück mit dem auch spielt,
Er kann sich doch noch freun.
 Und merke nur,
 Und stärke nur
 Dich dies in aller Noth:
 Wir fallen ja
 Trotz Allen ja
 Nicht tiefer als der Tod.

Die Welt ist schön, die Welt ist groß,
Wir hoffnungslos, wir heimathlos,
Wir haben drin kein Dach.
Doch unser ist die Sonne ja,
Die schöne Sommerwonne ja.
Die Halde und der Haag.

Im Frühjahr, wann die Flur sich füllt
Mit Drosselsang und Düften,

Wann selig unser Busen schwillt
Von linden Lenzeslüften;
 Im Maien dann,
 Im Freien dann,
Wenn Alles grünt und blüht,
 Da reimen wir,
 Da leimen wir
Und singen manch ein Lied.

'S ist nicht in Titeln, nicht im Rang,
In allem Gold der Lond'ner Bank,
Wo Fried' und Freude liegt;
'S ist nicht aus viel zu machen mehr,
'S ist nicht in Kunst und Bücherlehr';
All Dieses nicht genügt.

Wenn ein Gefühl nicht ward beschert
Im Herzen uns erquicklich,
Dann sind wir vornehm, reich, gelehrt,
Wir sind darum nicht glücklich.
 Das Geld allein
 Erhält allein
Uns lang zufrieden nicht.
 Dem Ueberfluß
 Folgt Ueberdruß,
Ist Glück beschieden nicht.

Ob wir in Wetter und in Wind
Mit Noth und Müh' geplaget sind,
Mit Lasten viel beschwert;
Nicht glücklicher als wir sind, traun,
Sie, die auf uns herniederschaun
Als kaum beachtenswerth.

Weh' Denen, so an ihrem Gut
Im Uebermaß ersticken.
Weh' Denen, so im Uebermuth
Ein Mitgeschöpf erdrücken.

Sie schauen nicht,
Sie bauen nicht
Auf einen ew'gen Gott.
Sie mögen nur,
Sie hegen nur
Den Zweifel und den Spott.

Drum geben wir zufrieden uns,
Verbittern nicht hinieden uns
Den Tropfen Lebensglück.
Und sollt es auch noch schlimmer gehn.
Ich habe Aergeres gesehn,
Schau dankbar drauf zurück.

Es gibt der Jugend alten Sinn;
Es lehrt uns selbst erkennen,
Stellt Gutes, Böses klar uns hin,
Lehrt es beim Namen nennen.
Manch schwerer Schlag,
Manch Ungemach
Wohl bitter uns belehrt.
Da finden wir,
Ergründen wir,
Was selten sonst man hört.

Und merke du, mein Herzentrumpf,
Ein schwächer Wort, es wäre stumpf,
Ich hasse Schmeichelei.
Uns lächeln Freuden lieb und hold,
Ja Freuden, die erkauft kein Gold,
Genüsse ewig neu.

Nichts über Freundschaft, über Lieb'.
Ein besser Glück ich kenn' nie.
Wir sind uns lieb, und drüber lieb
Ist Nanny dir, mir Jenny.
Beglücket mich,
Erquicket mich

Ihr Name boch schon so,
   Er letzet mich,
   Ergötzet mich,
Er macht mich warm und froh.

Die Macht, die unsre Thaten mißt,
Sie, welche selbst die Liebe ist,
Sie weiß, ich spreche wahr.
Das Blut in mir so heiß und heil,
Mein theurer, unvergänglich Theil
Lieb' mehr ich nicht fürwahr.

Wenn nagend Sorge, Herzengram
Mir Sinn und Ruhe rauben,
Ihr liebes Bild mir oft schon kam
Und gab mir Trost und Glauben.
   Ich litt für sie,
   Ich bitt' für sie,
O Allmacht, dich allgut,
   O pflege sie,
   O hege sie
In deiner starken Hut.

Hoch über Edelstein und Gold,
Die Freundschaft ernst, die Liebe hold,
Des Herzens Glut und Licht.
Auf dieses Lebens Dornenpfad,
Wär' ich dem Ende schon genaht,
Wenn ihr mich hieltet nicht.

Das Schicksal gab mir einen Freund,
Gar eine seltne Gabe,
Ein Herz auch, süßer mir vereint,
Das lieber noch ich habe.
   Ja, es verschönt
   Und es versöhnt
Das rauhe Weltgetriebe,
   Zu grüßen so,
   Zu küssen so
Die Freundschaft und die Liebe.

O wie mir's burch bie Seele zieht.
Der Reim tritt an in Reih unb Glieb,
Faft eh' ich es gemerkt.
Die Worte fo bereit fich leihn,
Als ob Apoll unb alle Neun
Mich hätten felbft geftärkt.

Mein Pegafus, ein fchlichtes Thier,
Wär balb mir burchgegangen.
Ift er einmal entronnen mir,
Dann ift er fchwer zu fangen.
        Drum enbe ich,
        Drum wenbe ich
    Unb laff' im Schritte nach.
        Nun Schecke bu,
        Nun ftrecke bu
    Zur Ruhe bich gemach.

Tod unb Teftament Maily's,
des einzigen Mutterfchafes des Dichters.

Maily, mein einzig Mutterfchaf,
Ein fchweres Unglück neulich traf.
Sie knorpelt, zerrt an ihrem Strick
Unb fällt unb bricht fich bas Genick.
Unb wie fie zappelnb liegt im Graben,
Die Lämmer laut geblöket haben.

Das Blöken enblich ift gebrungen
Zum Ohr bes bummen Schäferjungen,
Der faß vōn Weitem, Rüben fchälenb.
Nun kommt er her unb fieht bas Elenb.

Er fieht ben Schmerz unb fchrickt zurück
Mit offnem Munb unb ftarrem Blick,
Wie ein Gebilb, aus Stein gehauen.
Kaum mag er feinen Augen trauen.

Wie er fo ba ftanb unb nicht fprach,
Die Maily felbft bas Schweigen brach

O du, deß jammervoller Blick
Scheint zu beklagen mein Geschick;

Merk', was ich dir im Sterben sage,
Und dann zu meinem Herrn es trage;
Wenn je er kommt zu so viel Geld,
Daß wieder er ein Schaf sich hält,

Dann soll er es vor Leid bewahren,
Es binden nicht mit Hanf noch Haaren.
Er soll es auf die Weide treiben,
Und frei und froh da lassen bleiben.

Dann wird sich seine Heerde mehren,
Sich nähren und sich lassen scheeren.
Ich schmeichle nicht, ich sag' es gern,
Ich hatte einen guten Herrn.

Er lass', ich bitt' ihn noch im Sterben,
Mir meine Lämmer nicht verderben,
Damit sie wachsen und sich bessern,
Trotz Hunden und trotz Metzgermessern.

Er schenke reichlich Kuhmilch ihnen,
Bis selber sie ihr Brod verdienen,
Und pflege spät und pflege früh
Mit Streu und Gras das arme Vieh.

Er pflege sie nur klug und gütig,
Daß sie nicht werden übermüthig,
Herum zu laufen, schleichen wol
Gar in die Schoten, in den Kohl;

Daß gleich den Ahnen sie in Ehren
Sich manches Jahr noch lassen scheeren,
Von Weibern streicheln, von den Kleinen
Nach ihrem Tode laut beweinen.

Mein Erstlingswidder, Sohn und Erbe,
O daß doch der mir nicht verderbe,
Daß, wenn ein mannbar Thier er wird,
Er nur ein sittig Leben führt.

O sag' ihm, was ich nicht kann sagen,
Daß er sich ehrbar soll betragen
An seines eignen Stalles Raufen,
Nicht schlechtem, fremdem Vieh nachlaufen.

Nun Töchterchen, du thöricht Kind,
Daß man dich nie so grausam bind',
Und mögest du dich führen schön,
Mit keinem wilden Widder gehn,

Und grasen, trinken, dich versammeln
Nur mit gesetzten guten Hammeln.
Ihr lieben Kinder, beim Verscheiden,
Geb' meinen Segen ich euch beiden.

So wahr Ihr denket eurer Mutter,
Theilt brüderlich die Streu', das Futter.
Du Schäferbub', nicht unterlaß'
Dem Herrn zu sagen auch noch Das:

Daß er verbrenn' den bösen Strick,
An dem ich brach mir das Genick.
Er geb' zum Lohn dir meine Blase
Und keine Schläge, keine Nase.
Drauf drehte Maily sich herum
Und ward für immer kalt und stumm.

Ein Strenger.

Du, der du schauest unser Trachten,
Und lohnest, und uns lässest schmachten,
Wo Höllenstrafen uns umnachten
    Zu deiner Ehre
Und nicht für Das, was wir vollbrachten
    In That und Lehre.

Dank deinem gnädigen Gericht,
Daß meiner du vergaßest nicht,
Daß ich vor deinem Angesicht
        Fand Wohlgefallen,
Ein brennend und ein leuchtend Licht
        Den Leuten allen.

Was war ich, und was bin ich werth,
Daß du mich so hast hochgeehrt,
Mich, der ich an der Hölle Herb
        Mich sollte winden,
Vor sechs Jahrtausenden zerstört
        Durch Adams Sünden.

Als ich entfiel dem Mutterschooß,
Da war ich schon der Sünde bloß,
Verdiente schon der Hölle Loos,
        Die ew'ge Rache,
Wo Teufel knirschen, klein und groß
        In heißer Lache.

Da steh' ich ein erwählt Exempel
Und trage schon der Gnade Stempel,
Ein fester Pfeiler deinem Tempel,
        Ein fester Hort,
Ein Helm, ein Schild, ja ein Exempel
        Dem ganzen Ort.

Du weißt, wie ich in frommem Eifer
Die Trinker, Tänzer, Sänger, Pfeifer,
Die Lacher. Lärmer all begeifer'
        Von Herzen recht,
Wie Keiner ernster ist und steifer
        Als ich, dein Knecht.

Oft, oft ich dir gestehen mußt',
Wie mich geplaget Fleisches Lust,
Und Mammonsliebe in der Brust,
        Mich schwachen Staub.

Deß bin ich reuvoll mir bewußt
   Der Sünde Raub.

Beschütze die Erwählten all',
Dein sind wir ja auf jeden Fall,
Vernichte der Verstockten Schwall
   In diesem Lande,
Die uns erregen Gift und Gall'
   Und Schimpf und Schande.

Vergiß der Weltlust Kinder nicht.
Mit Jubel, Singsang und Gedicht
Stehn diese Bösen uns im Licht
   Bei Groß und Klein.
Das Publikum ehrt sie und nicht
   Uns ganz allein.

Zeig' dich im Zorne jenen Priestern,
So frevelhaft aufklärungslüstern,
Laß die Verdammung uns erst flüstern,
   Dann laut verkünden.
Laß ihren Namen uns umdüstern
   Und Rache finden.

Die Schreiber, so da dreschen Phrasen,
In Alles stecken ihre Nasen,
Die Zeitungen, o, 's ist zum Rasen,
   Verderben sollen,
Die unser altes Licht ausblasen
   So sündhaft wollen.

Wenn der Vergeltung Tag ist kommen,
Sei Rettung jenen all genommen,
Der Gnade Feuer all verglommen
   Für solchen Sünder.
Vernichte ihn zum Heil des Frommen
   Nicht Schonung find' er.

Mein brünstiges Gebet erhöre
Und alle meine Freuden mehre,

Und gieb mir Gold, und gieb mir Ehre,
　　Und Wohlergehn.
Dafür sei dir allein die Ehre.
　　Amen, Amen.

An eine Nachtigall.

O singe weiter deinen Sang.
Ich säh' dich Vöglein gern noch lang
Auf jenem schwanken Zweige.
O jenen Schlag nur noch einmal,
O lehre den mich, Nachtigall',
Damit der Holden ich gefall,
Ihr Sinn sich zu mir neige.

Sag, war dein Liebchen lieblos auch?
War ihre Flamme eitel Rauch,
Entlocket doch solch süßen Hauch
Nur tiefer Liebe Schmerz.
Du sprichst von Tagen freudeleer,
Verzweiflungsvoll und kummerschwer.
Erbarmen, Vöglein, sing' nicht mehr,
Sonst bricht mein armes Herz.

Wie grausam sind doch Eltern.

Wie grausam sind doch Eltern,
Wenn sie auf Gold nur sehn,
Hinopfern einem Gecken
Die Tochter gut und schön.
Indeß ein armes Mädchen
Die Wahl nur hat voll Pein,
Vom harten Vater hier gehaßt,
Dort duldend Weib zu sein.

So fliehet vor dem Falken
Die Taube scheu und bang,
Dem Elend zu entkommen,
Ringt sie ein Weilchen lang,

Bis hilflos und ermattend,
Unliebend, ungeliebt
Sie einem grimmen Falkener
Verzweifelnd sich ergiebt.

Tod und Quacksalber.

Manch Buch ist Lug von A bis Z,
Und manche Lüge auch, ich wett,
Man sagen nur, nie schreiben thät.
    Viel Trug und Uebel
Man gern beschöniget schon hätt'
    Auch mit der Bibel.

Doch was ich melden will zur Stelle,
Das ist ganz wahr auf alle Fälle,
So wahr wie Satan in der Hölle.
    Daß der darf wagen,
Zu treten über unsre Schwelle,
    Ist zu beklagen.

Einst hatt' im Krug ich einen Zwist
Mit dem Magister Organist,
Der nebenbei ein Arzt auch ist,
    Dieweil der Lehrstand
Ihm, sagt er, kaum das Leben frist',
    Ein schlechter Nährstand.

Vom Krug ging ich nach Haus alleine
Erfrischt, nicht allzusehr, ich meine,
Ob wankend auch, doch meiner Beine
    Noch immer Meister.
Ich hielt die Berge, Büsche, Steine
    Noch nicht für Geister.

Da seh' ich mir entgegen hinken,
Ich wollt vor Schreck zu Boden sinken,
'S trägt eine Sense, — seh' sie blinken

So hinten über,
Sammt einem Rechen mit zwölf Zinken,
Sechs Fuß und drüber.

Vier Ellen, sicher, von Statur,
Und seltsam gegen die Natur,
Von einem Bauch gar keine Spur,
    So viel ich sehn konnt'.
Statt Beinen hatt' er Stecken nur.
    Wie er nur gehn konnt'!

Ich sprach gefaßt: Wie! Noch beim Mähen,
Freund, während wir schon Alle säen?
Da schien es mir, als blieb' er stehen,
    Rathlos und stumm.
Ich sprach: Wohin wollt ihr denn gehen?
    Dreht Ihr mit um?

Da rief es dumpf: Ich bin der Tod,
Doch fürchte Nichts — Tod oder roth,
Sag ich, ich wehre mich zur Noth;
    Besinnt euch besser,
Ich habe eitel nicht gedroht,
    Hier ist mein Messer.

Da sprach der Tod: Du bist noch reif nicht.
Ich fürchte etwa deinen Kneif nicht.
Du Narr, wahrhaftig ich begreif nicht,
    Was du magst meinen.
Du schabest ja auch einen Streif nicht
    Von meinen Beinen.

Nun, sprech ich, seid nicht aufgebracht.
Kommt, setzt euch, das wär' abgemacht.
Ruht einmal aus in dieser Nacht.
    Erzählt mir was.
Manch Herz habt jüngst ihr kalt gemacht,
    Manch Auge naß.

Mein Feld, sprach er, liegt niemals brach.
Für mich ja schaffen Nacht und Tag
Thorheit und Laster. Ich helf nach.
    Mein Handwerk geht.
Was thut man Alles nicht für's Fach,
    Wenn man's versteht.

Sieh dir einmal die Sense an.
Die traf schon manchen braven Mann.
Doch seit Quacksalber hier begann
    Zu practiciren,
Ich keine Seele treffen kann.
    Muß mich geniren.

Nun, ist der Doctor so gescheidt,
Dann thust du Tod mir wirklich leid.
Der Kirchhof war die längste Zeit
    Voll Gras und Blüthen.
Wir pflügen ihn, und sind bereit,
    Ihn zu vermiethen.

Der Tod ein Lachen grimm aufschlug.
Laß' nur in Ruhe deinen Pflug.
Der Spaten hat zu thun genug
    In nächster Zeit.
Ihr grabt mir Gräber noch genug.
    Ihr thut mir leid.

Wo Einen sonst ich sicher hatt',
Von Arbeit, Noth und Krankheit matt,
Hab' jetzt ich deren zehn anstatt
    Durch Trank und Pille,
Davon Quacksalber selbst wird satt,
    Der Kranke stille.

Ein Lord, der hatte lange schon
Die Gicht und einen einz'gen Sohn.
Man holt den Doctor Robinson,

5

Der Wunder thut.
Dem Doctor wurde reicher Lohn,
　　Dem Sohn das Gut.

Ein armes Dirnlein, das gefehlt,
Hätt' ihre Schande gern verhehlt.
Dem Doctor hat sie es erzählt.
　　Bald ruhte sie,
Wo keine Leidenschaft mehr quält,
　　Dank seiner Müh'.

Ja, manchmal jammert es mich schier,
Daß er so pfuscht in's Handwerk mir.
Er läßt mich ein zu mancher Thür,
　　Wo ich nicht wo t'.
Er würget hin so Mensch wie Thier
　　Um schweres Gold.

Doch laß ich gern ihm seinen Willen.
Leicht kann ich meinen Aerger stillen.
Ich prophezeih', 's wird sich erfüllen,
　　- Denk' nur daran.
Einst stirbt an seinen eig'nen Pillen
　　Der Wundermann.

Sein Trug ihn selbst zum Narren macht,
Und — eben da schlug's Mitternacht.
Ich, plötzlich aus dem Traum erwacht,
　　Die Augen rieb.
Dann ging ich meiner Wege sacht.
　　Der Tod verblieb.

Und was er mir gesagt im Traum, -
Ist eitel Bosheit Lügenschaum.
Man spricht so viel. Ich glaub' es kaum.
　　Die böse Mähr'
Gewinnet leicht bei Menschen Raum,
　　Die gute schwer.

Begnüget mit wenig.

Begnüget mit wenig,
Vergnüget mit mehr,
Empfinde ich Sorge
Und Kummer nicht sehr.

Und wird mir doch einmal
Vor ihnen zu bang,
So scheuch' ich sie balde
Mit Trank und Gesang.

Wol sinne ich manchmal,
Wenn schlaflos ich lieg',
Der Mensch ist ein Krieger,
Das Leben ein Krieg.

Wir dienen um Freude,
Das ist unser Sold,
Und Freiheit, die mehr ist
Als Titel und Gold.

Nach mühsamer Reise
Sind froh wir am Ziel,
Wir fühlen nur Freude,
Von Leiden nicht viel.

Was wochenlang plaget
Und wehe uns thut,
Das heilet ein Abend
Und machet es gut.

Die Dame Fortuna
Sie taumle mir zu;
Sie flieh' mich, die Blinde,
Ich lache dazu.

Komm' Wehe, komm' Wonne,
Komm' Lust oder Pein.
Mein traurigstes Wort sei:
Es muß wol so sein.

O Philly.

O Philly, selig war der Tag,
Wo nach der Jagd im grünen Hag
Mein eigen Herz erleget lag
　　Von deiner Anmuth, Philly.

O Willy, heilig sei der Hain,
Wo ich gestand die Liebe mein,
Wo du gelobtest, mir zu sein
　　Mein treuer, lieber Willy.

Wie Vögelein im jungen Jahr
Mir singen hold und holder gar,
So immer lieb und lieber war
　　Und ist mir meine Philly.

Die Rose wild im jungen Jahr,
Sie duftet süß und süßer gar,
So immer hold und holder war,
　　Und ist er mir, mein Willy.

Des Herbstes mildes Himmelsblau,
Den Erntesegen auf der Au'
Ich nie mit solcher Freude schau'
　　Als dich, du theure Philly.

Der Schwalbe klein, mit frohem Flug,
Wenn sie die Frühlingskunde trug,
Nie so mein Herz entgegen schlug,
　　Wie dir, wenn du kommst, Willy.

Wol saugt im Morgensonnenschein
Die Biene süßen Honig ein.
Ein süßer Süß noch wurde mein
　　Von deinen Lippen, Philly.

Die traute Still' im Erdenrund,
Ein Blüthenduft zur Abendstund'
Sind nicht so traut mir als dein Mund,
　　Dein holder Mund, o Willy.

Des Glückes Rad, es rolle hin.
Der Thor verlier', der Schelm gewinn',
Nur an das Eine denkt mein Sinn,
 Und das bist du, o Philly.

Was nützen Geld und Gut allein.
Sie linderten nicht meine Pein,
Wenn ohne dich ich sollte sein,
 Ja ohne dich, mein Willy.

Sah Jemand.

Sah Jemand die Liebste mein, Philly?
Sah Jemand die Liebste mein, Philly?
Ja unten im Thal
Mit dem hohen Gemahl,
Sie kommet nie wieder heim, Willy.

Was spricht sie die Liebste mein, Philly?
Was spricht sie die Liebste mein, Philly?
Sie läßt dir nur sagen:
Du sollst sie nicht plagen
Sie mag dich nicht sehen mehr, Willy.

O hätt' ich dich nie gesehn, Philly!
O hätt' ich dich nie gesehn, Philly!
So flüchtig wie Föhn,
So schändlich wie schön,
Wie konntest du kränken so Willy!

Bruce an seine Krieger.

Die ihr einst mit Wallace littet,
Die mit Bruce ihr einmal strittet,
Froh zum Heldensiege schrittet,
 Froh zum Heldentod.

Dies der Tag und dies die Stunde.
Freudig geh's von Mund zu Munde
Edward's Macht uns in der Runde
 Schimpf und Schande droht.

Die ihr sinnt Verrath im Stillen,
Folgsam dem Despotenwillen
Einst ein Feiglingsgrab wollt füllen,
   Lang schon von uns floht —

Wer für seines Landes Rechte,
Wer für Freiheit im Gesechte
Stehen oder fallen möchte,
   Höret mein Gebot.

Bei des Joches schweren Plagen,
Bei der Kinder künft'gen Tagen,
Sollet sie zu retten wagen
   Aus der Knechtschaft Noth.

Machet, daß der Dränger weiche,
Knechtschaft fall' mit jeder Leiche,
Freiheit lieg' in jedem Streiche.
   Nun zur That, zum Tod.

Caledonien.

Gern miß ich die Myrthen
Des Südens, die losen,
Die goldnen Orangen,
Den linblauen Duft.

Ich lob' mir die Schluchten
Mit Farren und Moosen,
Die heimische kalte,
Die stählende Luft.

Den Moor, mit den Kräutlein
Der Haide, den Ginstern,
Wo sittsam verborgen
Die Maßlieben stehn;

Wo stets ich gewiß bin,
Im Hellen, im Finstern
Mein eigen Maßliebchen,
Mein Liebchen zu sehn.

Wie herrlich im Süden
Ist Land und Gewässer.
Rauh ragen im Norden
Die Höhen hinan.

Den Hain der Citronen,
Die schimmernden Schlösser,
Bewohnet wer anders
Als Knecht und Tyrann?

Die Würze, die Wonne
Der wärmeren Lande,
Verachtet das Hochland
So stolz und so kühn.

Der Freie erträgt nur
Die lieblichen Bande,
Die Bande der Liebe,
Nur sie fesseln ihn.

Frauen, höret auf zu klagen.

Frauen, höret auf zu klagen,
Daß der Mann so treulos sei.
Frauen, höret auf zu klagen,
Ihn ermüde Einerlei.
Sehet die Natur euch an,
Wechsel ist ihr großer Plan,
Wär' natürlich es sodann,
Daß der Mann nur anders sei?

Windeswehen und Verwehen,
Meeres Ebben, Meeres Fluten,
Kommen, Gehen und Vergehen,
Werden, Wachsen und Verbluten.
Soll der arme, schwache Mann
Widerstehn dem großen Plan?
Sei er treu, so lang' er kann!
Dürfet ihr ihm mehr zumuthen?

Im Frühjahr.

Im Frühjahr da hat mich ein Bube gefreit,
Ich horchte und glich einer Tauben,
Dann sprach ich: Ihr Männer verhaßt mir nur seid.
Wie konnte der Narr mir da glauben.

Er klagte, er müsse vor Liebe verglühn,
Er könne nicht ohne mich leben.
Da könn' er ja sterben, so tröstet' ich ihn.
Das möge der Herr mir vergeben.

Ich wußte, er hat eine reichliche Pacht,
Wollt' Heirath, nicht eitel Geliebel.
Ich zeigte nicht, was ich im Stillen gedacht,
Ich meinte es ja nicht so übel.

Und kaum sind der Wochen nur zweie vorbei,
Wie konnt' er an jene nur denken,
Da hör' ich, daß drüben die Hanne er frei',
Das mußt' mich im Innersten kränken.

Voll Aerger die Woche drauf mußte ich gehn
Zur Stadt hinein, wißt ja, zu Markte.
Ich traf ihn und hab' ihn so kalt angesehn,
Wie eine schon still Eingesargte.

Doch so nach der Seite, da blickt' ich ihm zu,
Daß Niemand mich möchte verlästern.
Da schwur mir der Bube wie selig im Nu,
Er liebe mich heute wie gestern.

Ich frug ihn nach Hannen gar freundlich und gut,
Wie geht es ihr jetzt mit den Ohren,
Und ob ihr der lahme Fuß wehe noch thut.
Da hat er getobt und geschworen.

Er bat mich, ich möcht' ihn nicht lassen vergehn,
Nicht lassen zu Tode sich sorgen.
Deshalb um den Armen nicht sterben zu sehn,
So denk' ich, wir heirathen morgen.

O schläfst du schon, mein Mädchen.

O schläfst du schon, mein Mädchen schön?
Ich möchte gerne dich noch sehn,
Kann gar nicht von der Stelle gehn,
Käm' gar zu gern hinein.

Laß mich hinein die Nacht nur,
Die eine, eine Nacht nur.
Erbarme dich die Nacht nur,
Und lasse mich hinein.

Du hörst es stürmen, hörst es gießen,
Wie kannst du mir die Thür verschließen
Hab' Mitleid mit den müden Füßen,
Gieb Obdach mir zur Nacht.

Bin gegen Sturm und Frost gestählet,
Darum nicht meine Seele schmälet,
Die Kälte deines Herzens quälet
Mich mehr als Wind und Schnee.

Laß mich hinein die Nacht nur,
Die eine, eine Nacht nur,
Erbarme dich die Nacht nur
Und lasse mich hinein.

Komm Du mir hier nicht in's Gehege,
Wo anders deine Schlingen lege.
Ja geh' nur, geh' du deiner Wege
Ich laß' dich nicht herein.

Ich sage dir die Nacht nur,
Die eine, eine Nacht nur
Und ein für alle Mal die Nacht,
Ich laß' dich nicht herein.

Magst immerhin du draußen zagen.
Mehr als des Wetters ärgste Plagen
Muß manches arme Mädchen tragen,
Verlassen und verführt.

Das Blümchen, das die Wiese schmücket,
Wie schlechtes Unkraut bald erdrücket,
Das zeigt mir, wie ihr uns beglücket,
Was uns Bethörten droht.

Gelockt von sehnendem Verlangen,
In Garne grausam eingesangen,
Die armen Vögel es mir sangen,
Wie schlecht es uns ergeht.

Drum sag ich dir, die Nacht nur,
Die eine, eine Nacht nur,
Und ein für alle Mal die Nacht,
Ich lass' dich nicht herein.

Die Holde mit Golde.

Die Holde mit Golde,
Das Mädchen, das holde,
Das lieb' ich, das holde,
    Das Gold.

Ein Thor, wer sein Glück
Auf Liebe gestellt.
Wer immer auf Reiz,
Auf Anmuth nur hält.

Ich lob' mir die Maid
Mit Gütern, mit Geld.
Ich lob' mir den Reiz
Von Vieh und von Feld.

Die Schönheit verblüht,
Wie Blumen verblühn.
Die Knospe geht auf,
Bald ist sie dahin.

Neu schmücket den Reiz
Der Felder so grün
Alljährlich der Lenz
Mit Kälbern und Küh'n.

Der Honig so süß
Der erst uns erquickt,
Er schmecket bald schal,
Nicht länger entzückt.

Doch honiggelb Gold,
Drin Georg eingedrückt,
So lang' du es hast,
So lang' es entzückt.

Die Holde mit Golde,
Das Mädchen, das holde,
Das lieb' ich, das holde,
  Das Gold.

Weite Ferne, wilde See.

Kann mir anders sein als weh,
Da mein Schatz ist auf der See?
Kann ich je vergessen ihn,
Der nun in den Krieg muß ziehn?

Hier am Herde, auf der Flur
Denkt mein Herze seiner nur,
Den bedrohen, weh mir, weh,
Sturm und Schlacht und wilde See.

Weite Ferne, wilde See,
Sturm und Schlacht und wilde See.
Wo ich geh' und wo ich steh',
Seh ich ihn auf wilder See.

Wenn in Sommermittagsglut
Mensch und Thier ermattet ruht,
Schau ich in der Sonne heiß
Ihn bedeckt mit Blut und Schweiß.

Kugeln, schont den Liebsten mir,
Meine Freude, meine Zier.
Wie es mir auch sonst ergeh',
Schont nur ihn auf wilder See.

Sternenlose Winternacht,
Sturm, drin das Gebälke kracht,
Sommerschwüle, Blitz und Guß,
Drin zum Meere wird der Fluß,

Brandung im Orkan gebäumt,
Bis sie über's Ufer schäumt,
All das quält mich, daß ich fleh'
Nur für ihn auf wilder See.

Friede, deine Palme schwing',
Wilden Haß in Fesseln zwing'.
Fröhlich wiederum und frei
Mensch dem Menschen Bruder sei.

Friede, leg' nach langem Harm
Wieder ihn mir in den Arm,
Daß ich küß' nach vielem Weh
Ihn, der weilt auf wilder See.

Weite Ferne, wilde See,
Sturm und Schlacht und wilde See.
Wo ich geh' und wo ich steh',
Schau' ich ihn auf wilder See.

Wo ist die Freude.

Wo ist die Freude,
Die Morgens ich fühlte,
Lauschend in Ruhe
Dem Lerchengesang?

Wo ist der Friede,
Der Abends mich kühlte,
Wandelnd die Wiesen,
Die Wälder entlang.

Hätte es gerne
Mir selber verhehlet,
Muß es mir klagen,
Ach, muß mir gestehn.

Was mir die Ruhe nimmt,
Was mich so quälet,
Ist, daß ich liebe,
Mich hoffnungslos sehn'.

Kann nicht entsagen
Und muß daran denken.
Trost und Vergessen
Versagt mir die Zeit.

Will in die Trauer
Mich schwelgend versenken,
Saugen so Freude
Aus bitterem Leid.

Betrogner Bursch.

Betrogner Bursch, die Freude,
So dir die Schönheit lügt,
Sie gleichet mehr dem Leibe.
Dein Hoffen dich betrügt.

Wie Wogen auf den Seen,
Der Wolken schnell Getreib'
In eitlem Windeswehn,
So flüchtig ist ein Weib.

Wol zauberisch dich bannet
Ein Mädchenangesicht.
Hast du dich erst ermannet,
Stört dich die Dirne nicht.

Ein Trank mit Zechgenossen
Dich von dem Gram errett',
Vertrink', was dich verdrossen.
In Glorie dann zu Bett.

Mann, o Mann, willst du mich morden.

Mann, o Mann, willst du mich morden?
Quälest mich ja Tag und Nacht.

Bin ich auch dein Weib geworden,
Bin ich doch nicht deine Magd.

Da nur einer Hausherr kann sein,
    Sage, wie?
Soll etwa die Frau der Mann sein,
    Sag', Marie?

Willst du mich zu Tode kränken?
Balde werd ich nicht mehr sein.
Wenn sie in das Grab mich senken,
Dann bereu' und denke mein.

Werde seufzen, schwer getroffen,
    Ach Marie.
Werde mich zu trösten hoffen
    Nach Marie.

Werd' in Nächten zu dir kommen,
Zu dir aus dem stillen Grab,
Daß die Ruh dir sei benommen,
Schlummer nie, o nie dich lab'.

Meine zweite Frau soll gleichen
    Dir, Marie.
Satan selber muß dann weichen
    Ihr, Marie.

Epistel an Graham.

Jüngst litt ich schwer am Arm und jetzt am Bein.
Das Loos des Bettler, dacht' ich, harret mein,
Thatlos, entmuthigt, aufgeregt dazu,
Natur mißgönnet Kranken ihre Ruh'.

Will Graham hören, wie sein Freund ihm klagt;
Sich auszuseufzen Duldenden behagt.
Verwünscht der Tag, an dem ich ward geboren,
An dem ich ward zu reinen auserkoren.

Dich klag' ich an, parteiische Natur,
Du bist der Reimer Rabenmutter nur.
Du hast gesorgt für Löwe und für Stier
In Feld und Flur und grünem Waldrevier.

Dem Schneckenvieh hast du ein Haus gebaut,
Dem Esel gabst du eine dicke Haut,
Dem Fürsten gabst du einen festen Thron,
Darauf er mächtig herrsche, speis' und wohn'.

Dem Fuchs und Staatsmann viel durch List gelingt,
Manch' Beutelthier sich durch das Leben stinkt,
Dem Arzte Stärkung die Arznei verleiht,
Manch' borstig Stachelschwein beschirmt sein Kleid.

Das liebe schwache Weib selbst ist geschützt,
Mit Zung' und Auge donnert es und blitzt.
Der Reimer nur von dir Stiefmutter hart
Ganz ohne Schutz und Schirm gelassen ward.

Ein Ding, unkundig in der List der Welt,
Halb klug, halb irr; halb Weib und halb ein Held.
Kein Fuß zu fliehen von dem Gläub'ger weg,
Nicht Krallen, sich zu graben ein Versteck.

Die Blöße des empfindlich dünnen Fells
Gehüllt nicht in der Dummheit warmen Pelz,
In stets gereiztem, ewig wundem Stolz
Genagelt an des Lebens dürres Holz.

So mancher Vampyr saugt an seinem Blut,
Ihn sticht Kritik mit Scorpionenwuth,
Pseudokritik, die feigste Missethat,
Mord, meuchlings, auf des Dichters Dornenpfad.

Anatomie zum Lehrzweck nur secirt,
Pseudokritik ein tödlich Messer führt,
Durch Nichts herausgefordert und gereizt
Vermessne Thorheit, eitel und gespreizt,

Die gern zerpflückt ein junges Lorberreis,
Bethaut mit Herzblut und mit saurem Schweiß.
Solch Reis zerrupfet gern des Thoren Hand,
In dem ein Geistesblitz nie ist entbrannt.

Was nicht mit Satz und Beispiel mahnt und lehrt,
Was nur verhöhnt, entstellet und entehrt,
Das ist Kritik nicht, ist Berserkerwuth,
Eunuchenneid, der so sich gütlich thut,

Der Ganzes thöricht roh in Stücke reißt,
Vom Bau ein Ziegelstück als Probe weist.
Schulweisheit, Scheelsucht, grauer, schwarzer Staar,
Die sehen nimmer, was doch sonnenklar.

Weh, meine Phantasie ermattet schon,
Ich fühle schwinden jede Illusion.
Ein ruhmlos, trostlos, hülflos Alter naht,
In Noth und Nacht verliert sich meines Lebens Pfad.

O Stumpfsinn, du, ja du bist benebeit,
Voll Selbstgefühl und Ruhe alle Zeit.
Gelehrt und geistlos, vornehm, unbedeutend,
Fettweidend, Titelnarreuschellen läutend.

In gleichem Frieden sie durch's Leben ziehn
In Unglücks Frost, in Glückes goldnem Glühn.
In vollen Bechern schäumet süß ihr Wein;
Sie schlürfen nüchtern still für sich ihn ein.

Sie sehn wie wohl verdienten Lohn ihn an,
Erstaunt, wie Der und Jener leben kann.
Und wenn ihr Treiben ihnen doch mißlingt,
Das Unglück um sie seine Nattern schlingt,

Dann denken sie in ihrem Mißgeschick,
Wir Klugen haben nun einmal kein Glück.
So schwebt im Sturm, in seine Ruh' gehüllt,
Ein Ochs gemalt auf einer Schenke Schild.

Nicht so der müß'gen Musen toller Schwarm.
Mondsüchtig Hirn erzeuget steten Harm,
In Gleichmuth nie, in Freude bald, bald Schmerz;
Bald himmelhoch, bald sinkend höllenwärts.

O Schicksal, unvermeiblich, fürchterlich!
Als Dichter, Gatte, Vater fürcht' ich dich.
Erhör' mein dankbar selbstisches Gebet.
Mich freut es, wenn es Graham wohl ergeht.

Sein Thun und Lassen mit Erfolgen krön',
Sein Lebensabend werde spät und schön.
Des Heerdes Licht erhelle seinen Pfad
Und freue ihn, bis seine Stunde naht,
Sein altersmüdes Knie manch Händchen lieb' umfaht.

Franz.

Das Herz will mir brechen, Therese;
Dein Rath vielleicht heilen noch kann's.
Daheim sind sie Alle mir böse,
Dieweil ich nicht lasse von Franz.

Ich kann mich in Armuth ja schicken.
Was nützen mir Fülle und Glanz?
Die können mich nimmer beglücken,
Wenn ihn ich nicht habe, den Franz.

Mir haben die Eltern gerathen
Zu einem gar vornehmen Hans.
Der prahlet mit seinen Ducaten.
Er tanzt nicht so hübsch wie der Franz.

Ich werde zu Tode mich grämen!
Dein Rath vielleicht hindern noch kann's,
Doch mußt du mir rathen, zu nehmen
Nur ihn, den Herzliebsten, den Franz.

In einer Einsiedelei.

Wer hieher die Wege fand,
Sei er in ein grob Gewand,
Sei er reich geschmückt gewesen,
Möge diese Mahnung lesen:

Unser Leben ist ein Tag,
Nacht vorher und Nacht hernach.
Hoffe stets nicht Sommersegen,
Fürchte stets nicht Sturm und Regen.

Lieblich strahlt der Morgenstern.
Lieb und Jugend hüpfen gern
Nach dem Sange der Sirene,
Die da lockt mit falscher Schöne.

Labe dich, gleich klugen Zechern,
An den wohlgezählten Bechern.
Im Zenithe deiner Bahn,
In des Lebens Meridian,

Strebst du auf aus niedrem Thal
Nach den Höhen kalt und kahl;
Hemm' der Ehrsucht Allgewalt.
Feinde drohn im Hinterhalt.

Ueber Höhen gleich dem Aar
Schwebet drohende Gefahr.
Tief im Thal mit frohem Liede,
Gleich dem Hänfling nistet Friede.

Wenn dir nahn die Abendschatten,
Wo die Rüstigsten ermatten,
Wo zum Leiden wird das Leben,
Möge Gott dir Ruhe geben,

Und in Dem, was du erfahren,
Dir sein Wesen offenbaren.
Zeige dann der eitlen Jugend
Wahres Glück und wahre Tugend.

Sag', des Menschen höchster Preis,
Sag', sein schönstes Siegesreis
Ist nicht Rang, ob hoch, ob niedrig,
Ist nicht Glück, ob gut, ob widrig,

Ob er Bauer, ob Baron,
Kärrner war, ob Königsohn;
Ob ihm glänzendes Talent
Ward von der Natur gegönnt.

Präge den Gemüthern ein,
Was da Wesen ist, was Schein;
Lastern Strafen inne wohnen,
Tugenden sich selbst belohnen.

Stark und heiter still ergeben
Mögest du zu Ende leben.
Aus der Erde Sonnenschein,
Fahre in die Nacht hinein.

In die Nacht zur Ruh', zum Licht,
Hoffe Herz, verzage nicht.
Frembling, geh' in Gottes Namen.
Also sprach der Klausner. Amen.

Die beiden Hunde.

Im Schottenlande, wo und wann,
Es kommt hier wenig darauf an,

An einem heit'ren Nachmittag,
Als warm die Junisonne stach:

Da hat ein Paar von müß'gen Hunden
Einmal zusammen sich gefunden.

Ein Staatshund, den man Cäsar nannte,
Der keine schwere Arbeit kannte.

Auch zeigten Ohren, Maul und Haar,
Daß er kein ächter Schotte war.

6*

Aus Neufundland da stammte er,
Da wo der Stockfisch auch kommt her.

Er war, man sah's dem Halsband an,
Ein feiner und studirter Mann.

Stolz war er im Geringsten nicht
Mit seinem freundlichen Gesicht.

Er konnte Stundenlang mit Spitzen
Auf Weg und Steg zusammen sitzen.

Zum Markt, im Krug und bei der Mühle
Da mischte er sich in's Gewühle.

Mit jedem Hunde konnt' im Grase
Er freundlich plaudern Nas' an Nase.

Der andre war ein Bauerköter.
Sein Herr, ein lust'ger Schwerenöther,

Der ihn behandelt als Kam'rad
Und Luath ihn geheißen hat,

Nach einem Hund im Hochlandsang
Gedichtet, vor wer weiß wie lang.

Luath war ein so wackrer Held,
Wie auf der Welt nur je gebellt.

Sein treu Gesicht in jedem Fall
Ihm Freunde machte überall.

Die Brust war weiß und schwarz der Rücken,
Wie Plüsch, so glänzend anzublicken.

Wo sich die breiten Lenden runden,
Sah' man die Fahne schön gewunden.

Die beiden Freunde liebten sich
Uneigennützig, brüderlich.

Man sah sie traulich sich beriechen
Und unter Bänke sich verkriechen,

Um wie der Wind dann auszureißen
Und sich zur Kurzweil drauf zu beißen.

Und wenn sie müde sich geneckt,
Dann haben sie sich ausgestreckt.

Und dann und wann geplaudert gern
So von den Freunden und den Herrn:

Cäsar.

Ich hab' mich oft gewundert, Luath,
Wie schlecht es Einer doch wie du hat.

Ich habe mich gefragt am End'
Wie überhaupt ihr leben könnt'.

Der Herr hat Zins und Feld und Vieh,
Verbringt den Tag, er weiß kaum wie.

Aufstehn kann er, wenn's ihm gefällt.
Der Diener kommt, sobald er schellt.

Er kann sich halten Pferd und Wagen,
Kann eine seidne Börse tragen.

Die ist so lang fast wie mein Schwanz,
Draus blinket der Ducaten Glanz.

Und in der Küche ein Gehacke,
Und ein Geröste, ein Gebacke,

Worauf die Herrschaft sich ergötzt
Und auch die Dienerschaft sich letzt,

Mit Speis' und Sauce und Ragouts,
Eitel Verschwendung, Ueberfluß.

Bei uns der allerletzte Knecht,
Wie der dir speist, wie der dir zecht!

Gewiß, der allerreichste Pächter,
Der hat es hier bei weitem schlechter.

Wie sich die armen Häusler nähren,
Kann ich erst gar nicht mir erklären.

Luath.

Ja, ja. Sie haben ihre Noth
Vom Morgen bis zum Abendroth,

In Grub' und Schacht, auf Wies' und Feld.
Sie kommen mühsam durch die Welt.

Ein Eh'mann, Nährer und Beschirmer
Von einem Häuslein kleiner Würmer,

Der muß wol mühsam, sparsam walten,
Um das in Rand und Band zu halten.

Und kommt dazu noch Kränklichkeit,
Und Theurung, Arbeitslosigkeit,

Da giebt es Jammer, giebt es Noth.
Sie hungern, frieren, fast zu Tod.

Und doch weiß selber gar nicht wie,
Meist recht vergnüglich leben sie.

Manch' muntre Maid, ein hübscher Hauf
Von Buben wächst dabei doch auf.

Cäsar.

Und wie sie auf euch niedersehn,
Nasrümpfend aus dem Wege gehn.

So wenig wirklich achten sie
Auf Drescher, Gärtner und solch Vieh.

Sie gehn daran vorbei, nicht besser,
Als ich vor riechendem Gewässer.

Zum Vierteljahr, am Zahlungstag
Da sah ich, und das Herz mir brach,

Was arme Pächter wegen Schulden
Von den Verwaltern müssen dulden.

Die sind viel ärger, als die Herren,
Bereit, zu pfänden, einzusperren.

Der arme Pächter steht in Demuth
Und Zittern da und stiller Wehmuth.

So seh' ich, wie die Reichen leben,
Und armes Volk sich plagt daneben.

Luath.

'S ist nicht so arg mit ihrer Noth,
Wenn Elend oft auch ihnen droht.

Sie sind daran schon so gewöhnt.
Ihr Leben Freude auch verschönt.

Das Glück das schiebt ja hin und her.
Bald hat es Jener, balde Der.

Wen schwere Arbeit fast erdrückt,
Die Ruhe süßer drauf erquickt.

Und zu verherrlichen ihr Leben,
Ist ihnen Weib und Kind gegeben.

Das Kleinzeug, ihre Augenweide,
Das lärmt und schwärmt zu ihrer Freude.

Der Trank ist billig und erquicklich,
Für Wenig wird man überglücklich.

Dabei vergißt man seinen Harm,
Man wird so weise, wird so warm.

Man spricht von Kirche und von Staat,
Von Schultheiß, Alderman und Rath.

Warum wol ist das Brod so theuer.
Wozu wol die und jene Steuer.

Und kommt es dann um Allerseelen,
Dann darf der Ernteschmaus nicht fehlen.

Dann ist das Landvolk jeder Art
Zu Lustbarkeiten froh gepaart.

Am ersten Tag im neuen Jahr
Da giebt es eine Freude gar.

Des Punsches Dampf erfüllt die Luft
Und herzerquickend ist sein Duft.

Geraucht, getrunken in der Runde
Wird nun manch liebe frohe Stunde.

Die Alten plaudern so erbaulich.
Die Jungen tummeln sich so traulich.

Niemand ist froher in der Welt.
Hab' oft vor Freude mit gebellt.

Und doch sind, wie du selbst gesagt,
Die guten Seelen schwer geplagt.

Man stößt viel wackre arme Leute
Ganz ohn' Erbarmen in die Weite.

Es ruinirt sie auf den Grund
Manch gieriger Verwalterhund,

Der sich durch Härte so und Heucheln
Bei seinem Herrn denkt einzuschmeicheln.

Der Herr sich keine Ruhe gönnt
Für's Landeswohl im Parlament.

Cäsar.

Halt, Luath, das verstehst du schlecht.
Für's Land! Das wär ihm eben recht.

Sie sagen, wie Minister wollen,
Ihr Ja, ihr Nein; nicht, wie sie sollen.

Mit ihrer Gala, mit Parade,
Mit Schulden und mit Maskerade,

Wenn sie zu ihrer Kurzweil lieber
Nicht fahren nach Calais hinüber,

Die Tour zu machen, sich zu putzen,
Bonton zu lernen, sich zu stutzen;

So machen sie sich selber fein
Und ihr Vermögen dabei klein.

Zuweilen gehn sie nach Madrid
Und machen Stiergefechte mit.

Zuweilen schwelgt man in Italien
Mit Buhlen, Bildwerk und Lappalien.

Dann heilet sich der sieche Prasser
In Deutschland wo mit seltnem Wasser,

Von dem, was ihm so lieb' und werth
Signora Carneval bescheert.

Dem Land zu Lieb'! Trotz dem Gerede,
'S ist nur Verschwendung, Streit und Fehde.

Luath.

Solch Leben also wird geführt,
Und so wird unser Land regiert.

Und dafür muß der Arme schwitzen,
Um solch' ein Thun zu unterstützen.

Wenn lieber sie zu Hause blieben,
Mit Jagden sich die Zeit vertrieben!

Das wäre sicherlich nicht schlechter
Für Herrschaft, Häusler und für Pächter.

Denn, sind die Herrn auch übermüthig,
Im Grunde sind die meisten gütig.

Läßt man in Ruh nur ihren Stolz,
Ihr Feld, ihr Wild, ihr Gras, ihr Holz,

Verfehlt man nicht, den Zins zu geben,
So läßt sich schon mit ihnen leben.

Nach Allem aber, Cäsar, dächt' ich,
Der Großen Leben ist doch prächtig.

So niemals Frost und Hunger leiden,
So sorgenlos in Füll' und Freuden.

Cäsar.

Wenn du sie kenntest, diese Freuden!
Du würdest Jene nicht beneiden.

Sie dürfen frieren nicht und schwitzen
In Winterkälten, Sommerhitzen.

Sie sind mit wenig Müh' beladen
Und thun so leicht sich keinen Schaden.

Doch sind wir Menschen arge Thoren,
Trotz Professoren und Pastoren.

Und sind sie frei von wahrer Pein,
So bilden sie sich falsche ein.

Die leichte Sorge, die sie plagt,
Wird wie die lästigste beklagt.

Der Ackersmann von seinem Pflug
Erlöset, ist vergnügt genug.

Doch Jene dort in Füll' und Freuden
Durch Mangel grad' an Arbeit leiden.

Trotz Müßigang, trotz Ueberfluß
Doch keine Ruhe, kein Genuß.

Die Tage öde, ohne Thun,
Die Nächte wüst und ohne Ruh'n.

Trotz Reisen, Festgelag und Ball,
Trotz Pauken und Trompetenschall,

Trotz Sammet, Seide und Geschmeide
Doch keine wahre Herzensfreude.

Die Ehe liebeleer geschlossen,
Die macht sie untreu und verdrossen.

Das Hirn nach langen Festgelagen,
Das glüht und lastet kaum zu tragen.

Die Damen wandeln Arm in Arm
So stattlich, liebreich, ohne Harm.

Die sollst du einmal schimpfen hören,
Wenn sie sich nur den Rücken kehren.

Wie manche liebe lange Nacht
Wird überdies auch durchgewacht

Bei Karten, Teufels Bilderbuch:
Das ist erst gar ein Lug, ein Fluch.

Nun weißt du, was die Großen leisten,
Wenn auch nicht alle, doch die meisten.

So hatten sie sich ausgesprochen,
Nun war die Nacht hereingebrochen.

Es war gekommen für die Hunde
Die Heimkehrzeit, die Abschiedstunde.

Sie schüttelten sich froh die Ohren,
Froh, daß als Hunde sie geboren,

Und nicht zu Menschen sei'n gemacht.
Dann sagten sie sich gute Nacht.

Wollt' er nur fragen.

Wollt' 'er nur fragen,
Wollt' er nur fragen.
Wenn er mich haben wollt',
Müßt' er's doch sagen!

Wenn er mich bitten sollt',
Könnt' ich's versagen?
Wenn er mich haben wollt',
Müßt' er doch fragen!

Wenn er mich küssen sollt',
Könnt' ich da klagen?
Wenn er mich haben wollt',
Müßt' er doch fragen!

Wollt' er nur fragen,
Wollt' er nur fragen.
Wenn er mich haben wollt',
Müßt' er doch fragen!

Nun gieß' mir ein.

Nun gieß' mir ein
Vom besten Wein
In deiner schönsten Silberschale.
Ich scheide trüb'
Von meinem Lieb,
Ich trink' ihr zu zum letzten Male.

Vom Strom gewiegt
Der Nachen biegt,

Darauf ich soll zum Meere ziehen,
　　Wo weiß beschwingt
　　Das Schiff mir winkt,
Das fort mich führet von Marien.

　　Das Horn erschallt,
　　Das Banner wallt,
Die Bajonnette seh ich blinken.
　　Der Donner kracht,
　　Es tobt die Schlacht,
Wo in den Staub die Braven sinken.

　　'S ist nicht der Graus,
　　Das Sturmgebraus,
Drum ich mich härme fort zu ziehen.
　　Nicht, daß ich weit
　　Zieh' in den Streit,
'S ist, daß ich scheide von Marien.

'S ist lange her.

Soll man vergessen alter Lieb',
Nie ihrer denken mehr?
Soll man vergessen alter Lieb'
　　So lang, so lange her?

　　'S ist lange her, mein Freund,
　　　'S ist lange her.
　Ein Glas nur noch, und stoße an.
　　　'S ist lange her.

Zusammen liefen wir so froh
In Busch und Feld umher.
Drauf trennten wir uns, weit so weit.
　　'S ist lange her.

Zusammen fuhren wir im Teich
Vom Walde bis zum Wehr.
Drauf rauschte zwischen uns die See.
　　'S ist lange her.

Hier meine Hand für Freud' und Leid,
Und reich' mir deine her.
Ich trink' dir zu, thu' mir Bescheid.
’S ist lange her.

Nun noch ein Maß, ein Doppelmaß
Zu trinken ich begehr'.
Dies letzte Glas, nun stoße an.
’S ist lange her.

’S ist lange her, mein Freund.
’S ist lange her.
Dies letzte Glas, nun stoße an.
’S ist lange her.

Willst du sein mein Lieb, mein Leben?

Willst du sein mein Lieb, mein Leben,
Wenn dein Herze ist voll Leid?
Willst mich lassen Trost dir geben,
Was dich auch betrübe?
Ja, bei meiner Seligkeit,
Das nur fordert meine Liebe,
Fordert meine Liebe.

Nicht von eitlen, wilden Flammen
Ist entbrannt zu dir mein Herz.
Ginge gern mit dir zusammen
Durch das ernste Leben,
Mit zu tragen jeden Schmerz,
Jede Freude dir zu geben,
Freude dir zu geben.

Schwermuth.

Gedankenvoll und sorgenvoll,
Weiß nicht, wie ich es tragen soll,
Hier sitz' ich trübgesinnt.
O Leben, Last, wie ziehet schwer
Und seufzend unter dir einher
So manch' ein Unglückskind.

Was lieget hinter mir, als Pein,
Als kummervolle Zeit.
Was harret in der Zukunft mein?
Ach nur-dasselbe Leid.
　　　Entsagen,
　　　Verzagen,
　　Das ist mein bittres Loos.
　　　Von Lasten
　　　Zu rasten
　Im kühlen Erdenschooß.

Beglückt ist, wer da hat ein Ziel,
Wer durch des Lebens Ernst und Spiel
Mit frohem Muthe zieht.
Entgehen ihm auch Ehr' und Lohn,
Erfreut ihn doch sein Streben schon,
Draus ihm ein Trost erblüht.

Weiß nicht, wonach ich trachten soll.
Drum ohne Rast und That
Ist voll Gefahr, ist unruhvoll
Mein öder Lebenspfad.
　　　Wer strebet,
　　　Der lebet,
　Fühlt wahre Schmerzen nicht.
　　　Ich rathlos
　　　Und thatlos
　Mir falsche noch erdicht'.

O könnt ich fliehn in Wüstenei'n,
Vergessend all', vergessen sein,
Ein Klausner unbeengt,
Dem die Natur ein Obdach weist,
Den sie mit ihren Früchten speist,
An ihren Quellen tränkt.

Und zög' ein milder Abend hin
Am goldnen Himmelssaum,
Dann käm das Einst mir in den Sinn
Wie ein verworrner Traum.

Voll Ahnung
Und Mahnung
Säh' ich die ew'ge Welt
Mir blinken
Und winken
Vom hohen Sternenzelt.

Unkund'ger ist kein Eremit
Als ich, zu gehn mit festem Schritt
Durch diese arge Welt,
Zu lauern auf gelegne Zeit,
Erhaschen die Gelegenheit
Zur Beute auf dem Feld.

Weh', Leidenschaft, wie lodert sie
In meiner schwachen Brust.
Ein Eremit sollt missen nie
Des Lebens süße Lust,
Nicht trachten,
Nicht schmachten
Nach Liebe mehr und Glück.
Ich spähe,
Vergehe
Im wechselnden Geschick.

O neidenswerthe Kinderzeit!
Die süße Sorgenlosigkeit
Sie ahnet es noch nicht,
Wie eigne Thorheit, fremde Schuld,
Um das Gewissen, die Geduld
Die grausen Schlangen flicht.

Ihr Kinder, Elfen hold und klein,
Spielt gern die großen Herrn.
O, ahnet ihr des Lebens Pein,
Ihr bliebet Kinder gern.
Wie Lügen,
Betrügen
Bedrohn des Mannes That,

Mit Zagen
Und Klagen
Das müde Alter naht.

O wär' mein Lieb.

O wär' mein Lieb
Der Fliederbusch,
Der drüben blüht so blau;
Und ich ein Vogel,
Flög' ich husch,
In seinen kühlen Thau.

Ich säng' ihm Trost,
Stünd' er im Frost,
Des grünen Laubes bar;
Säng' wieder dann
Hell himmelan
Im frohen frühen Jahr.

Und wär' mein Lieb
Die rothe Ros'
An jenem Wiesenrain;
Und fiel ich doch
In ihren Schooß
Als Abendthau hinein.

Wie hätt' ich da
Die ganze Nacht
In ihrem Duft geruht;
Wie hätt' ich da
Mich sanft verhaucht
In früher Sonnenglut.

Nelly.

Im Grase in der Sommerglut
So leicht, so dünn verhüllt,
Jung Nelly hingegossen ruht.
Sie schläft und lächelt mild.

Ihr treuer Willy hier sie sah.
Er schlich heran, so nah, so nah.
      Er blickt
      Entzückt;
      Verzagt,
      Nichts wagt,
Erbebend stand er da.

Wie in der Scheide blanker Stahl
Birgt sich der Augen Schein.
Wie eine Lilie im Thal
Glänzt ihre Stirn so rein.

Es wogt im Wind manch' Blüthenreis,
So hebet sich ihr Busen leis.
      Er blickt
      Entzückt;
      Verzagt,
      Nichts wagt,
Und es durchglüht ihn heiß.

Nun wallet ihr Gewand im Wind,
Wie lieblich es ihr saß.
Natur schuf hier ein Lieblingskind,
Ganz Anmuth, Ebenmaß.

Durchbebet von der süßen Qual
Er einen leisen Kuß ihr stahl.
      Er blickt
      Entzückt;
      Er zagt,
      Er wagt
Und küsset noch einmal.

Wie wenn ein Rebhuhn scheu aufschwirrt
Und plötzlich fliehet wild,
So eilt von Schlaf und Schreck beirrt
Jung Nelly durch's Gefild.

Der Willy nicht zurück ihr blieb,
Nun hatte Muth der arge Dieb.
Er minnt,
Gewinnt,
Bald war
Das Paar
Sich nahe ganz und lieb.

Ström' leise.

Ström' leise, du Bächlein,
Am grünenden Hang.
Ström' leise und lausche
Dem Wiegengesang.

Dort schlummert mein Liebchen
Am blumigen Saum.
Ström' leise, du Bächlein,
Verschön' ihren Traum.

Ihr Tauben, die drüben
Ihr streifet und girrt,
Ihr Drosseln, die drüben
Ihr pfeifet und schwirrt;

O lauschet dem Sange,
Der nun euch beschwört,
Daß nimmer die Holde
Im Schlummer ihr stört!

Wie ragen, o Bächlein,
Die Höhen so hehr.
Zu Füßen da ziehest
Du murmelnd einher.

Oft streife ich broben
Auf ragenden Au'n,
Um brunten die Hütte
Der Holden zu schau'n.

Wie schön deine Ufer
Sich schlängelnd hinziehn,
Dran Blumen so viele,
So duftig erblühn.

Da sitz' mit der Holden
Ich traulich vereint,
Wenn scheidend vom Tage
Der Abendthau weint.

Oft hat schon mein Liebchen
Der Bach mir gegrüßt,
Der murmelnd und schäumend
Am Häuschen hinfließt.

Der Glückliche hat ja
Den Fuß ihr umspült.
Der Glückliche hat ja
Den Leib ihr gekühlt.

Ström' leise, mein Bächlein,
So duftig umblüht,
Ström' leise, mein Bächlein
Und höre mein Lied.

Dort schlummert die Holde
Am blumigen Saum.
Ström' leise, mein Bächlein,
Verschön' ihren Traum.

Eine Vision.

Ich stand bei jenem alten Thurm,
Den die geschäft'gen Menschen fliehen.
Durch seine Hallen saust der Sturm.
Auf seinen Trümmern Blumen blühen.

Das Wetter blitzte fern und nah.
Ein dicht Gewölk verhüllte Luna.
Es glänzte hell, bald hie, bald da,
So flüchtig wechselnd, wie Fortuna.

L. or C.

7*

Da in des Wetters Allgewalt,
Da kam, sich mir zu offenbaren,
Der Freiheit mächtige Gestalt,
Gekleidet, wie die Minstrel waren.

Ich stand. Es sträubte sich mein Haar
Ob ihrer kühnen Prophezeiung.
Auf ihrer Stirne flammte klar
Der Spruch: Gerechtigkeit, Befreiung.

Von ihrer Harfe floß ein Sang,
Der konnt' im Grab die Schläfer stören.
Es war ein Lied von Leib und Drang,
Wie's je ein Mann nur mochte hören.

Sie sang vom Jetzt mit tiefem Schmerz;
Mit frohem Stolz von bess'ren Tagen.
Was sie erzählte, war kein Scherz.
Mein Reim vermag es nicht zu sagen.

Kirmeß mit Communion im Freien.

An einem Sonntag, klar und schön,
Voll Sommerlicht und Duft,
Ging ich hinaus, das Korn zu sehn,
Zu athmen Morgenluft.

Die Sonne stand so niedrig noch,
Daß sie die Felder küßte.
Der Hase in der Furche kroch,
Die Lerche laut begrüßte
     Gar froh den Tag.

Und wie ich mich so umgesehn,
Vergnügt ob dieser Pracht,
Drei Dirnen plötzlich vor mir stehn
In ganz verschiedner Tracht.

Zwei schienen mir zu trauern sehr
Wie nach der Theuren Tode.

Die Dritte, die ging hinterher
Gekleidet nach der Mode
   Für diesen Tag.

Die Schwarzen bildeten ein Paar
Gleich trübe, steif und stolz.
Ihr Angesicht, mir schien, das war
Von Leder oder Holz.

Die Dritte aber war so fix
Und munter wie ein Böcklein.
Sie machte einen tiefen Knicks,
Sie zupfte sich am Röcklein,
   Sprach: Guten Tag.

Ich zog den Hut und dankte schön.
Ihr scheinet mich zu kennen,
Sprach ich, ich hab' euch wo gesehn,
Doch kann ich euch nicht nennen.

Sie, die mir lächelte dazu
Und mit dem Finger drohte,
Sie frug, hast meinetwegen du
Verletzt die zehn Gebote
   Nicht manchen Tag?

Ich heiße Kurzweil und ich glaub',
Daß ich bekannt dir bin.
Die rechts, die heißet Aberglaub'
Und links die Heuchlerin.

Du kommst doch mit zur Pilgerfahrt,
Zur Communion im Freien,
Wo wie zum Jahrmarkt Volk sich schaart?
Viel Schwank, Dank jenen Zweien,
   Bringt dieser Tag.

Ich sprach: Ich thu's von Herzen gern.
Ich wechsle erst die Kleider.
Ich treff' euch Drei am Tisch des Herrn.
Dort treff' ich Euch, ja leider.

Drauf ging ich heim mit ernstem Sinn,
Und war bald reisefertig.
Auf allen Wegen zog es hin
Der frommen Lust gewärtig
 Für diesen Tag.

O glücklich ist der Mann fürwahr,
Der Stolze, der kann lachen,
Wenn er und sie, ein trautes Paar,
Die Fahrt zusammen machen.

Sein Arm um ihres Sitzes Lehn',
O Herz, wie süß du ruhst,
Schmiegt sich um ihren Nacken schön,
Die Hand an ihre Brust.
 Wer sieht's den Tag.

Nun pflegen sie gar lustig all
Des Leibes und der Seelen,
Es darf an frohem Redeschwall
Und an Gezech nicht fehlen.

Man prüft und tadelt leis' und laut
Der Andern Thun und Leben.
Im Winkel können Viele traut
Ein Stelldichein sich geben
 Für einen Tag.

Drauf ihnen in der Predigt wird
Die Hölle heiß gemacht.
Erbeben muß, wer je geirrt.
Der Schlummerer erwacht.

Der halb Entschlaf'ne fähret auf,
Als hörte er es sieden,
Er merkt zu seinem Troste drauf,
Es schnarchten nur die Müden
 So laut den Tag.

Es wäre ein zu langer Sang,
Zu melden, was passirte,
Wie unaufhaltsam sie ein Drang
Zum Krug zurückeführte;

Wie um die Tische, klein und groß,
So manches Glas geleert ward,
Und wie aus guter Frauen Schooß
Auch Speis' und Trank beschert ward
    An diesem Tag.

Die Abendglocke läutet heim.
Sie gehen, wie sie können.
Doch Manche labt's wie Honigseim.
Sie mögen sich nicht trennen.

Man hält auch an bei Bach und Zaun,
Wo sich die Dirnen schürzen.
Die Buben, die verstehn es, traun,
Die Zeit sich zu verkürzen
    Bei Nacht und Tag.

Gar manches Herz, der Tag bekehrt's,
Macht vielen Sünden Muth.
Manch Herz von Stein, im Abendschein,
Wird weich wie Fleisch und Blut.

Der Eine ist voll Zärtlichkeit,
Der Andre voll vom Tranke,
Und oft, was froh begonnen heut',
Muß enden mit Gezanke
    Noch diesen Tag.

O warum sollt'.

O warum sollt' ich traurig sein.
Ich weiß mir schon zu rathen,
Bin breiundzwanzig, fünf Fuß neun,
Geh' unter die Soldaten.

Ich plagte mich wol spät und früh
Mit Hacke, Pflug und Spaten.
Vergebens war all' meine Müh'.
Geh' unter die Soldaten.

Macpherson's Abschied.

Ade, du Haus,
So öd' und stumm,
Du enger Kerkerraum,
Macpherson's Zeit
Ist balde um
An jenem Galgenbaum.

Er ging dahin
Den letzten Gang,
So stolz, man glaubt es kaum.
Er prahlte noch,
Er sang und sprang
Noch an dem Galgenbaum.

Was thut mir Tod,
Er endet Noth
Nach manchem heißen Strauß.
Ich suchte ihn,
Drum zog ich kühn
Zum Tod in's Feld hinaus.

Mein Leben war
Wol voll Gefahr,
Verrath obsiegte mein.
Nur dieses liegt
Mir noch im Sinn:
Wer wird mein Rächer sein?

Ade, ade
Du wilde See,
Du dunkel Waldesgrün.

Schmach über Den,
Der nicht kann gehn
Zum Tode stolz und kühn.

Vier Himmelsgegenden.

Vier Himmelsgegenden es giebt.
Ich lobe mir den West,
Dort lebt die Gute, die mich liebt,
Von der mein Herz nicht läßt.

Im stillen Thal am klaren Bach,
Und durch den dunklen Hain
Zieht es mich meinem Herzen nach
Zu der Geliebten mein.

In jeder Blume seh' ich sie
Den grünen Rain entlang.
In jedem Tone hör' ich sie
Aus holdem Vogelsang.

Ich seh' in jedem Tropfen Thau
Nur ihrer Augen Schein.
Was auch ich höre, was ich schau',
'S ist die Geliebte mein.

O möge sanft ein West mir wehn
Durch säuselnd Sommerlaub.
Er bringet heim von Thal und Höh'n
Der Biene süßen Raub.

Er hat mich auch von ihr gegrüßt,
Was kann mir süßer sein,
Als sie, die mir die Welt versüßt,
Sie, die Geliebte mein.

O Tibby.

O Tibby, das vergangne Jahr,
Da weiß ich, wer so stolz nicht war.
Bin aller Habe auch ich bar,
Mir ist darum nicht bang.

Mit so viel klingendem Metall,
Wähnt sie, daß leicht sie wohl gefall'
Am Orte hier den Besten all,
Wenn sie danach verlang?

Und wär' er auch der beste Mann,
Wenn er nicht Gulden zeigen kann,
So sieht sie ihn für gar Nichts an,
Und geht vor ihm entlang.

Und wär' er gar Nichts auch, ich wett',
Sie hinge fest wie eine Klett'
An ihm, wenn er nur recht viel hätt',
Das wäre ihr ein Fang.

Mein stolzes Kind, hab' Acht, hab' Acht
Des Vaters Geld so groß dich macht,
Wer hätte je an dich gedacht,
Wär' nicht des Goldes Klang.

Viel lieber ist mir meine Maid,
Ganz ohne Gut, ja ohne Kleid,
Als du in seidner·Herrlichkeit
Mit deinen Gulden blank.

An eine Freundin.

Stets werd' ich denken an das Jahr,
Als ich noch blöd und bartlos war,
Und drosch mein erstes Korn;
Als Abends müde von dem Pflug
Ich dürstend hing an jedem Buch
Wie an des Wissens Born;

Als ich zuerst im Erntefeld
Gezählet ward als Mann,
Und mir mein Mädchen ward gestellt,
Nach Sitte nebenan,

Die Schwaben
Zu laden,
Zu thürmen häuserhoch,
Zu scherzen
Zu herzen
Auch manches Weilchen noch.

Schon damals regte sich in mir
Die hohe heilige Begier,
Die stets mich hat durchglüht,
Daß ich zu meines Landes Ehr'
Erfände, wenn nicht Werk noch Lehr',
O wenigstens ein Lied.

Wo jene Blum' ich mochte sehn,
Die meines Landes Bild,*)
Ließ gern mein Pflug sie schonend stehn
Im nährenden Gefild.
Kein Land je,
Kein Stand je
Von mir beneidet ward;
Wollt streben
Und leben
Nach meiner Heimath Art.

Noch lag des Liedes Element
In meiner Seele ungetrennt,
Verworren, ungeklärt.
Der Liebe jede Frucht entkeimt.
Das erste Lied, das ich gereimt,
Hat Liebe mich gelehrt.

Die Mitarbeiterin nach Brauch
Im Feld mir zugegeben,
Ihr holder Reiz, ihr kluges Aug'
Konnt' mich zuerst beleben.

---

*) Die Distel, Sinnbild Schottlands, wie die Rose für England, der Shamrock (Klee) für Irland, das Lauch für Wales.

Ich glühte,
Ich sprühte,
Sah ich ihr in's Gesicht.
Verschämet,
Gelähmet
Zu sprechen wagt' ich nicht.

Den Frauen Heil, so rufen wir
Des Lebens Lust, des Lebens Zier
Durch sie uns worden ist.
In Schmerzen Balsam lind und weich,
Auf Erden hier ein Himmelreich
Hat, wer die Holden küßt.

Du, der du trägst ein mönchisch Kreuz,
Der Mutter denk' fürwahr.
Die gute Frau vielleicht gereut's,
Daß je sie dich gebar.
Nicht mein Mann,
Ja kein Mann
Ist, wer das Weib nicht ehrt,
Es hegen
Und pflegen
Ist aller Opfer werth.

Mein Herz ist schwer.

Mein Herz ist schwer, ich darf's nicht sagen,
Mein Herz ist schwer für Jemand ja.
Könnt' wachen eine Winternacht
Und thät es gern für Jemand ja.
Ja, ja für Jemand ja
Ach ja für Jemand ja,
Könnt' ziehen durch die ganze Welt
Und thät' es gern für Jemand ja.

Gott, der du lächelst reiner Lieb',
O lächle lieb' zu Jemand ja.
Von jedem Harm erhalte frei,
Erhalte Jemand Jemand ja.

Ach ja für Jemand ja,
Für Jemand Jemand ja,
Was thäte ich? Was thät' ich nicht
Und thät' es gern für Jemand ja.

Sie ist nicht die Schönste.

Sie ist nicht die Schönste,
Doch ist sie so schön.
Von Bildung, da ist wol
Blutwenig zu sehn.

Verwandtschaft so ärmlich,
Wie's eine nur giebt.
Doch lieb ich die Holde,
Dieweil sie mich liebt.

Der strahlenden Schönheit
Ergeb' ich mich gern.
Sie trifft uns mit Blicken,
Mit Pfeilen von fern.

Wenn Witz ihre Waffen
Noch spitzet dazu,
Kann Schönheit uns blenden,
Uns rauben die Ruh'.

Doch Liebe, ja Liebe
Im Auge entbrannt,
Die leuchtet mir heller,
Als heller Demant.

Ein innig Umfangen,
Ein Herz nimmer kalt,
O das ist im Liebchen
Die Zaubergewalt.

Der alte Rob Morris.

Der alte Rob Morris
Da unten im Thal,
Das wär' mir ein Väterchen
Recht nach der Wahl.

Hat Rinder und Schafe
Und Gold in der Truh';
Ein Kind auch, sein Liebling
Und meiner dazu.

So frisch wie der Morgen,
Der schönste im Mai,
So süß wie der Abend
Im duftenden Heu,

So froh und so fromm
Wie das Lämmchen im Gras,
So tief mir im Herzen
Kein Liebchen noch saß.

Doch ach, sie ist Erbin.
Ihr Vater ist reich.
Mein Vater hat Nichts
Als die Hütte am Teich.

Da kommt so ein Freier
Wie ich nimmer an.
Ich berge die Wunde
Und sterbe daran.

Und kommt mir der Morgen,
Dann kommt mir die Pein,
Und sinket der Abend,
Dann schlaf' ich nicht ein.

Ich seufze, ich irre
So einsam umher.
Nie werd' ich mich trösten
Mich freuen nie mehr.

O wär' sie gewesen
Von niederem Rang,
Da könnte ich hoffen,
Da wär' mir nicht bang'.

Dann würde mein Glück
Zu beschreiben nicht sein,
Unsäglich, unsäglich,
Wie nun meine Pein.

Dunkan.

Dunkan hätte gern gefreit,
Hei, das war ein Freien,
In der frohen Weihnachtzeit,
Hei, das war ein Freien.

Grete trug so hoch die Nas',
Ihn mit stolzen Blicken maß,
Daß es ihm das Herz zerfraß,
Hei, das war ein Freien.

Dunkan fragte, Dunkan bat,
Hei, das war ein Freien.
Grete ihn nicht hören that,
Hei, das war ein Freien.

Dunkan klaget seine Noth,
Weint sich blind und weint sich roth,
In den Teich zu springen droht.
Hei, das war ein Freien.

Zeit und Glück sind Ebb' und Flut,
Hei, das war ein Freien.
Lieb' verschmäht, gar wehe thut.
Hei, das war ein Freien.

Will nicht wie ein Narr, spricht er,
Nach der Dirne laufen mehr,
Daß sie sich zum Tanze scher',
Hei, das war ein Freien.

Wunder war's und doch geschah's,
Hei, das war ein Freien.
Sie nun siechte, er genas,
Hei, das war ein Freien.

Reu' in ihrem Herzen klagt,
Seufzet, nicht zu sprechen wagt,
Was das Auge deutlich sagt,
Hei, das war ein Freien.

Dunkan, der war schmuck und schlank,
Hei, das war ein Freien.
Greten, der war weh und bang,
Hei, das war ein Freien.

Dunkan es erbarmte, daß
Alte Lieb' erwarmte, daß
Sich das Paar umarmte; das,
Hei, das war ein Freien.

O stündest du.

O stündest du in Sturm und Kält'
Auf offnem Feld, auf offnem Feld,
Ich schlüge mein Gewand um dich,
Ich wärmte dich, ich wärmte dich.

Ja, wehte je des Unglücks Wind
Um dich o Kind, um dich o Kind,
Du fändest mir am Herzen Schutz,
Dem Glück zu Trutz, dem Glück zu Trutz.

Und stünde wo ich im Gefild,
All öb' und wild, all öb' und wild,
Zum Eden würde mir der Ort,
Wärst du nur dort, wärst du nur dort.

Gewänne je ich eine Kron'
Und dich zum Lohn, und dich zum Lohn,
Es wär mein köstlichster Gewinn
Die Königin, die Königin.

Naht unsrem Land.

Naht unsrem Land der Gallier je,
So möge er gewahren
Manch starkes Bollwerk auf der See,
Am Strande tapfre Schaaren.

Der Schneeberg in den Boden sink',
Der Strom fließ' nach den Höhen,
Eh' fremden Feinden es geling'
In unsrem Land zu stehen.

Wir wollen uns hingeben nicht
Unsel'gen Bürgerzwisten,
Daß nie uns könn' ein fremder Wicht
Heimtückisch überlisten.

Der Bürger sei dem Bürger treu
In Eintracht ungebrochen,
Und nur von Bürgerzungen sei
Der Bürger Recht gesprochen.

Der Kessel da von Kirch' und Staat
Der hat wol manchen Schaden.
Der fremde Flicker, der ihm naht,
Der kommt uns ungeladen.

Das heilige Geräth, mit Blut
Erkauft, wer will es ritzen?
Werft solchen Frevler in die Glut,
Den Kessel zu erhitzen.

Der Schelm, der sich Thyrannen schmiegt,
Der Schelm, der zu ihm passet,
Der vor dem Pöbel lügt und kriecht,
Sei tief von uns gehasset.

Wer mit nicht singt, dem Kön'ge Heil,
Häng' hoch wie eine Wolke,
Doch wer da singt, dem Kön'ge Heil,
Sing Heil auch, Heil dem Volke!

Der Hochländerin Wittwenklage.

Nun bin ich hier im flachen Land,
Weh mir, weh mir, weh mir!
Hab keinen Heller in der Hand,
Ein Mahl zu kaufen mir.

8

Im Hochland hatt' ich gute Zeit,
Weh mir, weh mir, weh mir!
Da war kein Weib wol weit und breit
Beglückt und froh gleich mir.

Ich war die glücklichste im Klan —
O der Erinnerung Pein —
Der Donald war der schönste Mann
Und Donald wurde mein.

Da kam der Stuart über's Meer
Zu wagen einen Strauß.
Der Donald zog mit Stuart's Heer
Zum blut'gen Kampf hinaus.

Das Ende wißt ihr Alle, ach!
Dem Unrecht wich das Recht.
Mein Donald und sein Land erlag
Im blutigen Gefecht.

O Donald, o mein Leid.
Weh mir, weh mir, weh mir!
Kein Weib ist jetzt wol weit und breit
Voll Jammer, ach, gleich mir.

Maria Stuart's Frühlingsklage.

Nun kleidet die Natur in Grün
Jedweden Strauch und Baum,
Und schmücket mit Maßlieben weiß
Jedweden gras'gen Saum.

Nun spiegelt sich die Sonne froh
Im eisbefreiten Fluß.
Des freut sich nicht, wer in der Haft
Gefangen schmachten muß.

Wie auch die Lerche froh den Tag
Mit hellem Liede grüßt,
Wie auch der Frühlingsblumen Hauch
Die linde Luft versüßt;

Dem letzten freien Mann im Land
Ist das wol ein Genuß;
Doch ich, die Königin im Reich,
Gefangen schmachten muß.

Einst war ich Frankreichs Königin
Und war beglückt dazu.
Vergnügt stand ich des Morgens auf,
Vergnügt ging ich zur Ruh'.

Der Schotten Fürstin bin ich nun
Verfolget von Verrath,
Geworfen hier in finstre Haft
Durch schnöde Missethat.

Weh' über dich, du falsche Frau,
Du Schwester, lieb' und werth.
Dir wird noch durch die Seele gehn
Der Reue Racheschwert.

Ein mitleidvolles Frauenherz
Das hast du nie gehabt.
Mit Frauenthränen hast du nie
Die Leidenden gelabt.

Mein Sohn, mein Sohn, es leuchte dir
Dereinst ein bess'rer Stern.
Mein jammervolles Schicksal bleib'
Von deinem Throne fern.

Vor deinen Feinden schütz' dich Gott
Und wende sie zu dir.
Wer deiner Mutter war ein Freund,
Den liebe du gleich mir.

Die Sommersonne wecket bald
Zu keinem Tag mich mehr.
Der milde Herbst kommt nimmer mir
Mit Früchten süß daher.

Des Winters Kälte bringet nicht
In meine Gruft hinab.
Des nächsten Lenzes Blume ziert
Mein stilles grünes Grab.

Hier ist's im stillen Birkenhain.

Hier ist's im stillen Birkenhain,
Hier unter dunklen Bäumen.
Die Glocke schlug. Herzliebchen mein,
Wie lange willst du säumen?

Horch, ist es nur der Abendwind?
Ist es Mariens Flüstern?
Ist es ein Vöglein, welches minnt
Dort unter jenen Rüstern?

Ich höre sie, ich höre sie,
Ich sehe meine Sonne.
Wie Lerchenschlag, so spricht Marie
Musik und Liebeswonne.

Und bist du kommen, bist du treu?
Willst ewig sein die Meine?
Hör', wie ich meinen Schwur erneu'
Am Bach im stillen Haine.

'S ist finstre Nacht.

'S ist finstre Nacht, 's ist Mitternacht,
Mit Regen, Sturm und Blitz.
Vor deinem Schloß dein Mädchen wacht,
Und ruft, Erbarmen, Fritz.

Verstoßen hat mein Vater mich,
Weil ich zu gut dir bin.
Erbarme dich, erbarme dich,
Ist auch dein Lieben hin.

O denk' an jenes Baches Rand,
O denk' an deinen Sieg.
Wie meine Liebe ich gestand,
Die erst ich lang' verschwieg.

Du schwurst mir Treu' an jenem Bach,
So wurd' ich deine Braut.
Mein Herz so zärtlich und so schwach
Hat immer dir getraut.

Dein Herze ist von Stein, o Fritz.
Dein Herze ist von Stein.
Versenge mich, du jäher Blitz,
Dann werd' ich ruhig sein.

Ihr Donner, die ihr droben thront,
Eu'r Opfer will ich sein.
Doch seiner schont, des Falschen schont;
Gott möge ihm verzeih'n.

O komm' an's Fenster doch, Marie.

O komm' an's Fenster doch, Marie,
Horch, unsre Stunde schlug bereits.
Hold läch'elnd auf mich nieder sieh,
Nicht heißer wünscht sein Gold der Geiz.

Ich wäre froh, ich wär' behend,
Ich wollt' mich mühen spät und früh;
Wär' mir zu schaffen nur vergönnt
Für dich Marie, für dich Marie.

Erst gestern bei der Geige Ton
Da sah ich manches Paar sich drehn,
Bald war mein Geist zu dir geflohn.
Ich konnt' nicht hören, konnt' nicht sehn.

War Die auch hier des Saales Zier,
War schön auch Jene, lieblich Die;
Ich seufzte doch und dachte mir,
'S ist nicht Marie, 's ist nicht Marie.

O kannst du kränken mich, Marie,
O kannst du mich denn sterben sehn.
Vergessen dein, das könnt' ich nie.
Ist meine Liebe ein Vergehn?

Wenn Lieb' für Liebe du nicht giebst,
Voll Mitleid auf mich nieder sieh.
Wenn solch Erbarmen du nicht übst,
Dann bist du's nicht, bist nicht Marie.

Es prangt der Wald.

Es prangt der Wald im Abendlicht,
Und froh erwacht der Morgen.
Der neue Lenz erfreut mich nicht,
Mich plagen alte Sorgen.

Ich seh' die Blumen und das Laub,
Ich hör' die Lerchen schlagen,
Und bleibe doch der Qualen Raub,
Die mir am Herzen nagen.

Gern thäte meinen Gram ich kund.
O gieb mir Muth zu sprechen.
Wenn länger schweigen soll mein Mund,
Dann muß das Herz mir brechen.

Wenn du von mir gelassen hast,
Daß dich ein Andrer labe;
Dann fall' das Laub von jenem Ast
Und welk' auf meinem Grabe.

Ich hab' ein Amt.

Ich hab ein Amt, mein Freund, fürwahr,
Ich bin im Steuerfache gar.
Ihr Musen, wollt mich immerdar
  In Gnaden schützen,
Sonst können fünfzig Pfund auf's Jahr
  Mir wenig nützen.

Ihr, zu gefallen stets beflissen,
Ihr Musenmädchen, schön zum Küssen,
Gebadet in Kastalia's Flüssen,
    Ihr wißt, ihr wißt,
Wir Menschen thuen, wie wir müssen,
    Was nöthig ist.

Ein Weib, zwei Buben nenn' ich mein.
Das will ernährt, gekleidet sein.
Ihr merkt, ich bilde mir was ein.
    Ihr könnt's erklären.
Kein ehrlich Thun wär mir zu klein,
    Um die zu nähren.

Gott, daß ich nicht den Muth verlier'!
Oft bin ich müd' zum Sterben schier.
Viel Aerm're seh ich unter mir,
    Schau ich hernieder.
Warum wol sind so ungleich wir?
    Sind wir nicht Brüder?

Du fester Wille tritt voran.
Du bist das Mark, du bist der Mann.
Welch zaghaft Herze je gewann
    Die schöne Frau?
Wer Alles thut, was er nur kann,
    Sich mehr zutrau'.

Mein Reim soll nun zu Ende gehn.
Ich hab' es satt, das Versedrehn.
Sein Weib, sein Kind beglückt zu sehn,
    Sich zu bestreben,
Ist auch poetisch rührend schön
    Im Menschenleben.

War doch ihr Aug' nicht.

War doch ihr Aug' nicht
Allein mein Verderben.
Nicht weil so schön sie ist,
Lieb' ich zum Sterben.

War's doch ihr Lächeln,
So lieb, so verhohlen.
War's doch ihr Blick,
So bezaubernd verstohlen.

Viel muß ich fürchten.
Was hab ich zu hoffen?
Viel muß ich fürchten.
Kein Weg ist mir offen.

Wirst du die Meine auch
Nimmer, ach, nimmer;
Königin bleibst du
Im Herzen mir immer.

Dein, o Marie, ja
Ich bleib' es für's Leben,
Holde du hast mir
Dein Jawort gegeben.

Engel, mein Engel,
Falsch kannst du nicht werden,
Eher könnt' wanken
Der Kreislauf der Erden.

Liebe Kleine.

Liebe Kleine, holde Kleine,
Schöne Kleine, wärst du mein,
Sicher lägst du mir am Herzen,
Wie im Schrein der Edelstein.
Fragend schau' ich voll Verlangen
In dein liebes Aug' hinein.
Herz, was pochst du? Ach, vor Bangen.
Kleine, wirst du mein je sein?

Schönheit, Liebe, Huld und Lehre
Schmücken dich wie Heiligenschein.
Mir geziemt, daß ich verehre
Dich, o Herzensgöttin mein.

Liebe Kleine, holde Kleine,
Schöne Kleine, wärst du mein'.
Sicher lägst du mir am Herzen,
Wie im Schrein der Edelstein.

Ich lobe mir mein Spinnrad hier.

Ich lobe mir mein Spinnrad hier,
Ja Rad und Rocken lob ich mir.
Das füllt mit Linnen meinen Schrein,
Das hüllt mich warm und wohlig ein.
Ich setz' mich hin, ich sing' und spinn'.
Schnell geht ein Sommertag mir hin.
Mein schlichtes Nachtmahl mundet mir.
Ich lobe mir mein Spinnrad hier.

Die Bächlein rieseln hier und da
Zum Bache meiner Hütte nah.
Süß duften Birk' und Hageborn
Beisammen hier am klaren Born.
In kühler Hut manch Vöglein ruht
Und auch der Fische kleine Brut.
Wie lieblich scheint die Sonne mir.
Wie froh dreh' ich mein Spinnrad hier.

Im Eichenlaub die Taube klagt,
Ein neckisch Echo wiedersagt.
Wie um die Wette singen auch
Die Hänflinge im Haselstrauch,
Die Grille zirpt in Klee und Heu,
Vorüber schwirrt das Rebhuhn scheu,
Die flinke Schwalbe spielt mit mir,
Sie spielt mit mir am Spinnrad hier.

Verkauf und Kauf bringt mir kein Leid.
Zu reich für Noth, zu arm für Neid.
Wer gäbe solch ein Glück wol hin
Für Vornehmthun und für Gewinn.

Wen Prunk und Eitelkeit erfreut,
Wem Schwelgerei ihr Bestes beut,
Erscheint er wol so glücklich dir
Wie Bessy an dem Spinnrad hier?

Die schöne Maid von Inverneß.

Die schöne Maid von Inverneß
Hat keine frohe Stunde mehr.
Denn früh und Abend ruft sie weh,
Und immer weinet sie so sehr.

Du blutig Feld, du heißer Tag,
Du Tag der grausen Metzelei.
In seinem Blut mein Vater lag,
Mein Vater und der Brüder drei.

Die Erde war ihr Leichentuch.
Auf ihren Gräbern grünt es heut.
Mit ihnen ruht der liebste Mann,
Der je des Weibes Herz erfreut.

Fluch dir, du frevelhafter Fürst,
Fluch deiner blutbedeckten Bahn;
Du hast gebrochen manch ein Herz,
Das nie ein Leides dir gethan.

Adresse an den Teufel.

Der auf dem Höllenthron du sitzest,
Der du in Höllenflammen schwitzest,
Der du in Höllentiefen blitzest,
　　Wo Laven glühn;
Mit Pech und Schwefel um dich spritzest,
　　Uns zu verbrühn!

Groß ist, o Satan, deine Macht,
Groß ist dein Name, Fürst der Nacht,
Du weilst nicht stets im heißen Schacht,

Bist weit gereist;
Bald trittst du schüchtern auf und sacht,
    Bald laut und dreist;

Bald wie ein Löwe, Blut zu lecken,
Der Beute sucht in allen Ecken;
Bald riesig, Kirchen abzudecken,
    Wild wie ein Föhn;
Bald dich in Herzen zu verstecken,
    Klein, ungesehn.

Großmutter hört ich oftmals sagen,
In Schluchten will es dir behagen,
Wo Burgen grau aus alten Tagen
    Die Gipfel krönen;
Dort machst den Wandrer du verzagen
    Mit Geisterstöhnen.

Großmutter hat dich oft vernommen,
Wann kaum das Zwielicht war verglommen,
Da bist du durch den Teich geschwommen,
    Wie Fliegen summend,
Und durch's Gesträuch einhergekommen,
    Wie Käfer brummend.

In einer wind'gen Winternacht,
Erloschen schien der Sterne Pracht,
Da hättest du mich bald gebracht
    Um den Verstand;
Du flüstertest wie Schilfrohr sacht,
    Am Wasserrand.

Wie damals ich vor dir erschrak!
Mein Knüttel bald zu Boden lag.
Auf einmal krächzest du, quak, quak,
    Im Teiche dort.
Und wie ein Entrich fliegen mag,
    So schwirrst du fort.

Vor Zeiten, unter Edens zarten
Maiblüthen, wo zuerst sich schaarten
Die Wesen alle und sich paarten
    Wie Turteltauben
Zu stillen trauten Liebesfahrten
    In dunklen Lauben:

Da kamst du aus dem Höllengrunde
Incognito mit falscher Kunde.
Da logst du mit dem Schlangenmunde,
    Verwünscht sei'st du!
Die arme Welt hat seit der Stunde
    Mehr keine Ruh.

Nun meinst du wol, ein Reimer hink'
Im Zikzak hin, er lärm' und trink',
Bis einmal er unfehlbar sink'
    In deinen Rachen.
Nein, er entschlüpft dir einmal flink
    Dich auszulachen.

Nun lebe wohl auf alle Fälle.
Vielleicht, mein finsterer Geselle,
Vielleicht wird's einst in dir auch helle,
    Ich hege Zweifel,
Seh' keinen gerne in der Hölle,
    Auch nicht den Teufel.

War eine Maid, die emsig spann.

War eine Maid, die emsig spann.
Auf's Feld auch nahm sie mit ihr Rädchen.
War einst ein Bub', ein Freiersmann,
Der ließ nicht ab von diesem Mädchen.

Die Maid war stolz, das Feld war trocken,
Der Bube konnt' sie nicht gewinnen.
Sie schlug ihn gar mit ihrem Rocken.
Sie wollt' auf seine Art nicht spinnen.

Er ließ nicht ab. Er ging ihr nach.
Sie wollte ruhn und sich erfrischen;
Sie setzten nieder sich am Bach;
Ihr Spinnrad stellte sie dazwischen.

Da schwur er heilig diesem Mädchen,
Er wollt' ihr Gatte sein fürs Leben.
Da warf sie weit von sich ihr Rädchen,
Da hat sie ihm ihr Wort gegeben.

Wir bauen uns ein kleines Haus
Und leben froh wie Fürsten drinnen.
Ich gehe keinen Abend aus
Und sehe dich am Rädchen spinnen.

Man trinkt ja viel von einem Weine,
Ohn' auch betrinken sich zu müssen.
Man kann ja küssen viel die Eine
Und immer wieder gern sie küssen.

Wie lang und traurig ist die Nacht.

Wie lang und traurig ist die Nacht
All ohne Freud und Friede.
Ich bleibe bis zum Morgen wach,
Bin ich auch noch so müde.

Wie froh und glücklich war ich einst
Mit meiner Lieb' in Frieden.
Wie fern, wie ferne weilet sie!
Wie traurig ist's hinieden.

Wie matt und müde schleicht die Zeit.
Kein Glück ist mir beschieden.
Wie schnell verflogen Tag und Nacht
Mit meiner Lieb' in Frieden.

Ringsum toben Wind und Wetter.

Ringsum toben Wind und Wetter
Kniehoch liegen welke Blätter.
An dem Bach, der rauschend flutet,
Klagt die Maid. Ihr Herze blutet.

Frohe Stunden, sel'ge Stunden
Hin, auf ewig hin, entschwunden.
Reu' ist kommen. Reu und Sorgen.
Schwarze Nacht. Ihr folgt kein Morgen.

Kann ich, was einst war, vergessen?
Was noch kommen wird', ermessen?
Wie mein junges Blut gerinnet!
Wie Verzweiflung mich umspinnet!

Freudlos, hoffnungsloses Leben.
Last so schwer, so schwer zu heben.
Wär' ich ledig doch der Bürde,
Daß ich ganz vergessen würde!

So froh und munter schaut sie aus.

So froh und munter schaut sie aus
Im Felde und im Hause drin.
Bei schwerer Müh', bei Tanz und Schmaus
'S ist stets derselbe frohe Sinn.

Im grünen Eichwald ist es schön
Und schön ist es im Birkenhain.
Die Phemi ist die schönste Maid,
Am schönsten ist bei ihr zu sein.

Sie blüht wie Blumen blühn im Mai.
Sie strahlt, wie Sommerfrühe strahlt.
So lieblich schreitet sie einher,
Wie's Keiner sagt und Keiner malt.

Ihr liebes Antlitz ist so sanft,
Als wie ein Lamm, so sanft, so traut;
Kein Abendroth so mild erglänzt,
Wie Phemi's glänzend Auge schaut.

Ich bin gezogen durch's Gebirg,
Durch manches Thal und manche Au'.
Die Phemi ist die liebste Maid,
Die je erfrischt ein Morgenthau.

War eine Rosenknospe.

War eine Rosenknospe klein
Die stand gebückt am grünen Rain,
Ringsum geschlossen, rings allein
Im kühlen Thau am Morgen.

Eh' zwei Mal noch die Sonne schwand
Da war sie offen. Prangend stand
Die Rose an des Raines Rand,
Im würz'gen Duft am Morgen.

Die Amsel harret ihrer Brut
In ihres Nestes weicher Hut.
Auf ihrer Brust der Frühthau ruht
So kühl am frühen Morgen.

Bald wird der kleinen Vöglein Schaar
Des Haines Lust und Zier fürwahr
Im Frühroth singen hell und klar
So klar am frühen Morgen.

So, Mädchen, wirst auch du am Ziel
Mit hellem Sang und Saitenspiel
Belohnen sie, die einst so viel
Geliebet dich am Morgen.

So rosig strahl' wie Frühroth loh
Und mach' den Lebensabend froh
Den Eltern, die gesorget so
Für dich im Lebensmorgen.

Ein Musikant, ein Schwärmer.

Ein Musikant, ein Schwärmer,
Auf einen Jahrmarkt ging,
Die Geige zu verkaufen,
Wol für ein nutzreich Ding.

Die Augen gingen ihm über,
Als er die Fidel nahm.
Die Augen gingen ihm über
Vor Reue und vor Scham.

Verkaufen meine Fidel?
Verkaufen die Fidel fein?
Verkaufen meine Fidel
Für eine Flasche Wein?

Wenn ich die Fidel verkaufe,
Ich nimmer mehr mich acht'.
So manche frohe Stunde
Hat mir die Fidel gebracht.

Da drüben in dem Kruge
Da giebt es ein Juchhei.
Der Musikant, der Schwärmer
Der sitzet auch dabei.

Dort will er sitzen und geigen
Bis ihm der Arm erlahm'.
Die Augen gehen ihm über
Vor Freude, nicht vor Scham.

Einen frischen Trank.

Einen frischen Trank hat unser Freund,
Den müssen kosten heut wir Zwei.
Vergnügter werden niemals sein
Drei frohe Seelen als wir Drei.

Wir sind nicht trunken, wir sind nicht trunken,
Wir sind nur ein wenig heiter.
Der Hahn mag krähn', der Tag angehn,
Wir aber, wir kosten weiter.

Da wären wir, drei Zecher froh.
Drei Zecher froh sind wir fürwahr.
Wir zechten froh so manche Nacht,
Wir zechen noch so manches Jahr.

Das ist der Mond. Ich kenn' sein Horn.
Er nickt uns zu; er schielt; er winkt.
Er winkt uns heim. Wir gehen nicht,
So lang' der Mond am Himmel blinkt.

Wer diese Sitzung hier verkürzt,
Der muß ein Wicht, ein Schwächling sein.
Doch wer zuletzt vom Stuhle stürzt,
Der sei der König von uns Drei'n.

Mein Haus ist schön, ist wunderschön.

Mein Haus ist schön, ist wunderschön,
Und immer freundlich, immer froh,
Wenn er am Pfluge hin muß gehn,
Beim Tanz, im Krug und anderswo.

Oft nannt' er mich sein liebes Weib.
Er trat zu mir, so nah, so nah.
Mir hüpfte da das Herz im Leib,
Ob keine Seele auch uns sah.

Er muß sich plagen lang und schwer,
In Wind und Wetter, Frost und Schnee.
Ich schau' mich um, dahin, daher,
Bis ich ihn heimwärts kommen seh'.

Bald stellt die schöne Zeit sich ein,
Wo mich umfängt der liebe Mann,
Er schwört, mein eigen will er sein,
So lange er nur athmen kann.

War gestern wol ein Unglückstag.

War gestern wol ein Unglückstag.
Dran denke ich noch manches Jahr.
Mich traf in's Herz mit einem Schlag
Ein lieblich blaues Augenpaar.

'S war nicht der goldnen Locken Schmuck,
'S war nicht der ros'gen Lippen Thau,
'S war nicht des weichen Busens Druck.
Ihr Auge war's, so lieblich blau.

Sie sprach, sie lächelte so lieb,
Ich fühlte ungeahntes Glück.
Im Herzen mir die Wunde blieb,
Die tief mir schlug ihr süßer Blick.

Zu sprechen kaum erkühn' ich mich,
Wenn ich das holde Antlitz schau'.
Wird mein sie nicht, dann sterbe ich,
Ich sterb' an ihrer Augen Blau.

Was kehrt er sich an meine Schönheit.

Was kehrt er sich an meine Schönheit,
Was kehrt er sich, weß Kind ich bin?
Er ahnet nicht, wie wohl ich's merke,
Ihm liegt mein Heirathsgut im Sinn.

Er liebt den Baum der Aepfel wegen,
Die Biene um die Honigwaben.
Er hegt zum Gelde zu viel Liebe,
Um übrig was für mich zu haben.

Du zahlest mir mit falscher Münze,
Ich merke, wohin schielt dein Blick;
Doch bist du schlau, so bin ich listig,
Versuche anderswo dein Glück.

Du gleichest einem hohlen Baume
Ganz ohne Mark und ohne Stärke.
Kein Zweifel, daß noch manche Andre
Gar balde deine Hohlheit merke.

Nun kommet Mai.

Nun kommet Mai mit froher Kunde,
Es grünt, es blühet in der Runde.
Nun wandl' ich manche frohe Stunde,
Ich wandle mit dem Liebsten.

In den Hain zum Stelldichein
Komme Liebster, komme Liebster,
Ganz allein mit dir zu sein,
Liebster mein, Herzliebster.

Am Quell, im Laube, allerwegen
Der Liebe Lust, der Liebe Segen;
Ein Blüthenduft, ein Blüthenregen
Für mich und meinen Liebsten.

Wann in der Morgenröthe Hasen
Versteckt im Thymiane grasen,
Dann durch den thaubeperlten Rasen
Zieh' ich zu meinem Liebsten.

Wann endlich ist der Tag verflossen,
Die Blumenkelche sind geschlossen,
Dann lieg' im Arm ich dem Genossen,
Dem Liebsten, dem Herzliebsten.

Und liegest du an meiner Brust.

Und liegest du an meiner Brust,
Und bist du mein für immer,
Hinweg mit jeder eitlen Lust,
Mit jedem eitlen Schimmer.

Und sagest du, du willst entzückt
Mir Lieb' um Liebe geben,
So leb' ich nur und bin beglückt,
Nur, um für dich zu leben.

9*

Um meinen Hals dein Arm sich flicht,
Ein unschätzbar Geschmeide.
Im Himmel auch will mehr ich nicht
Als solche Herzensfreude.

Ich schwör' bei deinem Aug' zur Stund'
Nur dein zu sein für immer.
Den Schwur auf deinem Rosenmund
Besiegelt brech' ich nimmer.

Sie ist schön und falsch.

Sie ist schön und falsch; das ist mein Schmerz,
Daß ich so gut ihr bin.
Sie brach ihr Wort, sie brach mein Herz.
Fahr' hin, mein Schatz, fahr' hin.

Gekommen ist ein reicher Wicht.
Sie geht vorüber, sie kennt mich nicht,
Sie ist auf Geld und Gut erpicht.
Ich schlage sie mir aus dem Sinn.

Wer immer eine Dirne lieb',
Gar balde wohl einsieht,
Kein Wunder, wenn sie treu nicht blieb,
Das steckt ihr im Geblüt.

Du lieblich Weib, was willst du mehr?
Du gehst in Engelgestalt einher.
Und hättest du mehr, zu viel das wär',
Ich meine ein Engelgemüth.

Da wo der Fluß.

Da wo der Fluß zum Meere fließt,
Wo manche schöne Blume sprießt,
Da wohnt er, den mein Herz genießt,
Da wohnt ein schöner Weber.

Der Freier hatt' ich an die neun
Mit Geld und Gut und Edelstein.
So wollten um mein Herz sie frei'n.
Ich schenkte es dem Weber.

Der Vater gab sein Wort zum Pfand
Dem, der besaß das meiste Land.
Nicht ohne Herz geb' ich die Hand.
Ich gebe sie dem Weber.

So lang' noch eine Blume sprießt,
So lang' die Saat in Aehren schießt,
So lang' mein Herz den Lenz genießt,
Werd' lieben ich den Weber.

Der erste Psalm.

Gemähet liegt der letzte Halm,
Der Schnitter stehet mild'.
Du tröstend Wort, du erster Psalm,
Sei du mein letztes Lied.

Wie immer geh' des Lebens Pfad,
Es wandle unbesorgt,
Wer nie der Bösen Weg betrat,
Nie ihren Lehren horcht;

Wer nimmer thöricht, eitel kühn
Hinblicket auf die Welt,
Wer sich mit Demuth unter Ihn,
Den Herrn der Schöpfung stellt,

Der Mann wird blühen gleich dem Baum
Erfüllt mit Saft und Mark,
Der fruchtbar wächst am Wassersaum
Mit Wurzeln tief und stark.

Doch er, der in der Knospe trägt
Der Sünde gier'gen Wurm,
Er wird vergehen, hingefegt
Wie Stoppeln vor dem Sturm.

Denn Gott wird Frieden immerdar
Und Ruh' den Seinen leih'n,
Der Böse aber kann fürwahr,
Fürwahr nie glücklich sein.

Inhalt.

Inhalt.

MIX
Papier | Fördert
gute Waldnutzung
FSC® C083411

Zeitfracht Medien GmbH
Ferdinand-Jühlke-Straße 7
99095 Erfurt, Deutschland
produktsicherheit@kolibri360.de